KB062772

홍당무

쥘 르나르 지음 ┃ 서치헌 옮김

소담출판사

서치헌

한국외국어대학교 경영정보학과 및 동교 동시통역대학원 졸업.
각종 국제회의에서 통역일을 했으며, 현재는 프리랜서 번역가로 활동하고 있다.

 sodampublishingcompany

BESTSELLERWORLDBOOK 40

홍당무

펴낸날 | 1993년 6월 23일 초판 1쇄
       2003년 4월 20일 초판 24쇄

지은이 | 쥘 르나르
옮긴이 | 서치헌
펴낸이 | 이태권
펴낸곳 | 소담출판사
         서울시 성북구 성북동 178-2 (우)136-020
         전화 | 745-8566~7 팩스 | 747-3238
         e-mail | sodam@dreamsodam.co.kr
         등록번호 | 제2-42호(1979년 11월 14일)

ISBN 89-7381-040-5 00860
● 책 가격은 뒤표지에 있습니다

www.dreamsodam.co.kr

Poil De Carotte

Jules Renard

참, 아빠도! 너무 기대가 커요.
지리와 독일어와 물리와 화학은 가망이 없을 것 같아요.
아주 잘하는 녀석이 두세 명 있거든요.
그 아이들은 다른 과목은 형편없으면서도 그 과목만은 뛰어나거든요.
그래서 그 애들만은 도저히 앞지를 수가 없어요.
하지만 아빠, 프랑스어 글짓기만큼은 우리 반에서 일등을 할 거예요.
그리고 계속 그 상태를 유지할 생각이에요.
만일 노력한 보람 없이 일등을 못하더라도 제 자신을 나무라지 않을 거예요.
그래도 저는 브루투스처럼 자랑스럽게 외칠 수 있어요.
"오오, 미덕이여! 너는 한갓 쓸모없는 말에 불과하도다." 라고 말이에요.

Poil De Carotte

차례

암탉

"글쎄, 그렇다니까."

르피크 부인이 말했다.

"오노린이 또 닭장 문 닫는 걸 잊었지."

창 너머로 넓은 뜰 저편 구석에 조그마한 닭장 지붕이 보이는데, 그녀의 말대로 활짝 열린 문이 어둠 속에서 시커멓고 네모난 윤곽을 드러내고 있었다.

"펠릭스, 네가 가서 닫지 않겠니?"

르피크 부인은 삼남매 중에서 맏아들에게 말했다.

"닭의 시중이나 들기 위해서 여기 있는 게 아니에요."

펠릭스가 투덜거렸다. 햏쑥한 얼굴의 그는 겁이 많고 게으른 소년이다.

"그럼 넌 어떠냐, 에르네스틴?"

"아이 엄마는, 무서워 죽겠는데!"

펠릭스와 에르네스틴은 제대로 얼굴을 들지도 않고 대답했다. 둘 다 팔꿈치를 테이블 위에 괸 채 이마를 맞대듯이 하고 독서에 빠져 있었다.

"아참, 나 좀 봐!"

르피크 부인이 말했다.

"깜빡 잊었네. 얘, 홍당무야. 네가 가서 닫아라!"

홍당무는 르피크 부인이 막내아들에게 붙여준 별명이다. 빨간 머리에 얼굴은 온통 주근깨투성이기 때문이었다. 테이블 밑에서 혼자 놀고 있던 홍당무는 일어서서 겁에 질린 목소리로 대답했다.

"하지만 엄마, 나도 무서워 죽겠는데……."

"뭐야? 다 큰 녀석이 뭐가 무섭다고 그래! 자, 어서 갔다와!"

"다 아는 일이잖아. 얘는 숫염소만큼이나 대담해."

에르네스틴이 말했다.

"이 세상에서 무서운 게 없을걸."

펠릭스가 맞장구를 쳤다.

형과 누나의 부추김에 홍당무는 우쭐해졌다. 칭찬을 듣고도 하지 않는다면 수치스러울 것 같아 그는 약해지는 마음과 싸우고 있었다. 홍당무의 용기를 북돋워주기 위해 르피크 부인은, 만약 갔다오지 않으면 그 보답으로 따끔한 맛을 보여주겠다고 말했다.

"그럼, 길을 비춰줘."

홍당무가 마지못해 말했다.

르피크 부인은 내 알 바 아니라는 듯이 어깨를 움츠렸고, 펠릭스는 깔보듯이 픽 웃었다. 그래도 인정이 있는 것은 에르네스틴뿐으로, 촛불을 들고 복도 끝까지 동생을 데려다주었다.

"여기서 기다리고 있을게."

에르네스틴이 말했다. 그러나 말을 끝내기도 전에 그녀는 집안으로 달아나고 말았다. 갑자기 불어온 바람에 촛불이 흔들리다 이내 꺼져버렸기 때문에 무서웠던 것이다.

홍당무는 겁에 질려 달아나고 싶었지만, 발이 떨어지지 않아서 꼼짝도 못하고 어둠 속에서 와들와들 떨기 시작했다. 바로 앞도 보이지 않아서 갑자기 장님이 된 듯싶었다. 때때로 느닷없이 바람이 불어와 싸늘하게 식은 담요처럼 그를 감싸서 낚아챘다. 여우나 늑대가 나타나서 손가락과 뺨에 입김을 불어대는 게 아닐까? 이렇게 되고 보니, 홍당무는 어둠 속에 구멍이라도 뚫을 듯한 결심을 하고 머리를 앞으로 내민 다음 짐작만으로 닭장 쪽을 향해 내달리는 수밖에 없었다. 그는 손으로 더듬어서 열쇠를 집었다. 발소리에 놀란 암탉들이 횃대 위에서 꾸꾸꾸 하고 울면서 푸드득거렸다. 홍당무는 소리를 질렀다.

"쉿, 조용히 해. 나야!"

홍당무는 닭장 문을 닫자마자 재빨리 달아났다. 팔다리에 날개라도 달린 듯 마구 달려 따뜻하고 환한 집안으로 들어오니, 흙탕물을 뒤집어쩌서 더러워진 옷을 벗고 깨끗하고 따뜻한 새 옷으로 갈아입은 듯한 기분이었다. 홍당무는 빙긋 웃으며 의기양양한 얼굴로 우뚝 선 채 두 사람이 칭찬해 주기를 기다렸다. 그리고 얼마나 걱정을 했을까, 하고 두 사람의 얼굴에서 그런 기색을 찾아보려고 했다. 그러나 형인 펠릭스도, 누나인 에르네스틴도 조용히 책만 읽고 있었다.

르피크 부인이 늘 그렇듯이 홍당무에게 말했다.

"홍당무, 이젠 밤마다 네가 닭장 문을 닫으러 가거라."

자고새

르피크 씨는 여느 때와 다름없이 테이블 위에 사냥 보따리를 쏟아놓았다. 보따리에는 자고새 두 마리가 들어 있었다. 펠릭스가 벽에 걸린 석판에 그것을 기록했다. 석판에 사냥감의 수를 적는 것은 그가 맡은 일이었다.

삼남매에게는 저마다 맡은 일이 있었다. 에르네스틴은 사냥감의 껍질을 벗기거나 털을 뽑고, 홍당무는 상처 입은 사냥감의 마지막 숨을 끊는 일을 맡았다. 피도 눈물도 없는 냉정한 아이라는 평판 때문에 그런 일을 맡게 된 것이었다. 두 마리의 자고새는 퍼덕거리며 목을 움직였다.

르피크 부인 : 빨리 잡지 않고 뭘 하고 있니?

홍당무 : 엄마, 이번에는 석판에 적는 일을 하면 안 돼요?

르피크 부인 : 네 키로는 석판에 글씨를 쓸 수 없어.

홍당무 : 그러면 털 뽑는 걸 할래.

르피크 부인 : 그건 남자가 하는 일이 아니야.

홍당무는 할 수 없이 두 마리의 자고새를 손에 들었다. 르피크 부인은 자상하게 잡는 방법을 가르쳐주었다.

홍당무는 한 손에 한 마리씩 쥐고는 손을 등뒤로 돌린 채 목을 조르기 시작했다.

르피크 씨 : 두 마리를 한꺼번에 잡니? 대단하다, 대단해!

홍당무 : 빨리 해치우려니 이럴 수밖에요.

르피크 부인 : 괜히 하기 싫은 척하지 마. 속으론 좋으면서, 뭘.

두 마리의 자고새는 날갯죽지를 푸드득거리고 몸을 비틀면서 버텼다. 털이 사방에 날렸다. 자고새는 쉽사리 죽을 것 같지 않았다. 한 마리뿐이라면 간단히 한 손으로 졸라 죽일 수 있을 것 같았다. 홍당무는 이번에는 무릎 사이에 꼭 끼워 누르고는 얼굴이 붉으락푸르락해지면서 땀에 흠뻑 젖을 때까지 힘을 주었다. 그리고 아무것도 안 보려는 듯 위쪽을 쳐다보면서 더욱 힘껏 졸랐다.

자고새도 질세라 끈질기게 버텼다.

빨리 끝내려고 후끈 달아오른 홍당무는 이번에는 자고새들을 들고 그 머리를 구두 콧등으로 냅다 후려쳤다.

　　"아니, 저럴 수가! 저런 냉혈 동물 같으니라고!"

　　형 펠릭스와 누나 에르네스틴이 소리를 질렀다.

　　"아주 대단한 솜씨로구나."

　　르피크 부인이 말했다.

　　"가엾은 새들! 저 애의 손에 걸려 저렇게 죽는 건 생각만 해도 끔찍할 거야."

　　노련한 사냥꾼인 르피크 씨도 가슴이 섬뜩해져서 방에서 나갔다.

　　"다됐다!"

　　홍당무는 죽은 자고새를 테이블 위에 내던졌다. 르피크 부인은 그것을 몇 번이나 꼼꼼하게 뒤적거려보았다. 부서진 새의 머리에서 피가 흐르고 있었다.

　　"진작 그만두게 할걸."

　　르피크 부인이 말했다.

　　"너무 지저분하게 죽였어."

　　형 펠릭스도 한마디했다.

　　"확실히 다른 때보다 잘 안 됐어."

개

    등잔 밑에서 테이블 위에 팔을 괸 채 르피크 씨는 신문을, 에르네스틴은 상품으로 탄 책을 열심히 읽고 있었다. 르피크 부인은 뜨개질을 하고, 형 펠릭스는 무릎을 세우고 앉아서 난로를 쬐고 있었다. 홍당무는 바닥에 털썩 주저앉아 지난 일을 생각하며 추억에 잠겨 있었다.

    그때 별안간 구두 닦는 매트를 덮어쓴 채 자고 있던 개 피람이 으르렁댔다.

    "쉿!"

    르피크 씨가 말했다. 그러나 피람은 한층 더 으르렁댔다.

    "멍청이!"

    르피크 부인이 말했다.

    그런데도 피람이 요란스럽게 짖어대자 모두들 깜짝 놀랐다. 르피크 부인은 가슴에 손을 얹었다. 르피크 씨는 이를 악물고 옆눈으로 개를 노려보았다. 형 펠릭스는 고래고래 소리를 질러댔다. 그러자 서로의 말이 안 들릴 만큼 떠들썩해졌다.

"조용히 하지 못하겠니? 닥치라니까, 이놈아!"

그러나 피람은 더욱 심하게 짖어댔다. 참다못한 르피크 부인이 마구 매질을 했다. 그리고 르피크 씨는 신문으로 때리다 못해 발로 차기 시작했다. 피람은 매가 무서워서 엉금엉금 기면서 코를 바닥에 대고 짖었다. 구두 닦는 매트에 입을 갖다대고 미친 듯이 날뛰는 것을 보면, 마치 자기 소리를 산산조각 내서 부수는 것 같았다.

르피크 씨네 식구들은 화가 나서 숨이 막힐 것만 같았다. 모두들 한 번씩 일어나서 개를 차고 때렸지만, 개는 엉금엉금 기며 막무가내로 짖었다. 유리창이 울리고 난로의 굴뚝이 흔들릴 듯 소리를 질러대는데, 누나인 에르네스틴마저 악을 썼다.

한편, 홍당무는 누가 시키지도 않았는데 집 주위를 둘러보러 나갔다. 아마도 늦게 집으로 돌아가는 뜨내기 품팔이꾼이 큰길을 천천히 걸어가고 있거나, 어쩌면 도둑질을 하려고 담을 넘어 안마당으로 들어왔는지도 모른다는 생각이 들었다.

홍당무는 어두컴컴하고 긴 복도를 걸어갔다. 두 팔을 문 쪽으로 뻗어서 빗장을 더듬어 찾은 다음, 와지끈 소리를 내며 잡아당겼다. 그러나 문을 열지는 않았다.

예전 같으면 위험을 무릅쓰고 밖으로 뛰어나가, 휘파람을 불고 노래를 부르며 발까지 쾅쾅 굴러가면서 상대방의 간담을 서늘하게 해 주었을 것이다. 그러나 요즘 홍당무는 꾀를 잘 부렸다.

부모님은 홍당무가 용감하게 구석구석 살피면서 충실한 경비원처럼 집 주위를 돌아보고 있을 거라고 생각하고 있었다. 그러나 사실 홍당무는 약아빠져서 문 뒤에 찰싹 달라붙어 있었던 것이다.

언젠가는 꼬리가 잡히게 될 것이다. 그렇지만 벌써 꽤 오래전부터 이 꾀는 잘 들어맞았다. 홍당무는 갑자기 딸꾹질을 하거나 기침이 나올까 봐 걱정이 되었다. 숨을 죽이고 눈을 들어보니, 문 위의 작은 창 너머로 별이 서너 개 보였다. 그 맑게 반짝이는 별을 바라보니 오싹해지는 느낌이 들었다. 이제는 슬슬 들어가야 할 시간이었다. 연극이 너무 길어지면 안 된다. 왜냐하면 의심을 사게 되니까.

홍당무는 다시 한 번 가냘픈 손으로 무거운 빗장을 흔들어댔다. 빗장이 녹슨 꺾쇠 속에서 삐걱거렸다. 홍당무는 덜컥덜컥 소리를 내면서 빗장을 홈 깊숙이 밀어넣었다. 이런 요란한 소리를 듣고 모두들 그가 멀리까지 돌아보고 왔으며, 자기의 의무를 다한 걸로 생각할 것이다. 누가 등을 시원하게 긁어주기라도 한 것 같은 홀가분한 마음으로, 홍당무는 식구들을 안심시키려고 단숨에 달려갔다.

그런데 홍당무가 없는 동안에 피람이 짖기를 그쳤으므로, 마음을 놓은 르피크 씨 가족들은 각자 제자리로 돌아가 있었다.

누가 묻지도 않았는데, 홍당무는 늘 그랬듯이 천연덕스럽게 말했다.

"피람이 잠꼬대를 한 거야!"

무서운 꿈

홍당무는 집에서 묵고 가는 손님이 싫었다. 여러 가지로 방해가 될 뿐 아니라 자기 침대도 빼앗기고, 싫더라도 르피크 부인과 자야 했다. 낮에도 눈에 거슬리는 것투성이인 홍당무였지만, 밤에는 밤대로 코를 고는 나쁜 버릇이 있었다. 심술을 부리느라고 일부러 코를 고는 것인지도 몰랐다.

8월인데도 썰렁한 큰방에는 침대가 두 개 놓여 있었다. 하나는 르피크 씨의 침대이고, 다른 하나는 홍당무가 르피크 부인과 나란히 벽 쪽에 누워 자는 침대였다.

잠들기 전에 홍당무는 홑이불을 뒤집어쓰고 몇 번이나 가볍게 기침을 했다. 목구멍의 이물질을 떼어내기 위해서였다. 하지만 코를 고는 것은 코에 문제가 있는 건지도 몰랐다. 그래서 홍당무는 혹시 코가 막

혔는지 확인하기 위하여 조용히 콧구멍으로 숨을 내보내보았다. 그러고 나서 너무 세게 숨쉬지 않는 연습을 했다.

그런데도 습관이란 어쩔 수 없는지 홍당무는 잠이 들자마자 드르렁 드르렁 코를 골았다. 그러자 르피크 부인은 당장 손톱을 세워 엉덩이의 가장 살이 많은 부분을 피가 맺힐 만큼 세게 꼬집었다. 그녀는 언제나 이런 방법을 썼다.

홍당무의 비명을 듣고 르피크 씨가 깜짝 놀라 눈을 뜨고 물었다.

"왜 그러니?"

"무서운 꿈이라도 꾼 모양이지요!"

르피크 부인이 천연덕스럽게 대답했다. 그러고는 유모처럼 낮은 목소리로 자장가를 흥얼거렸다. 인도의 자장가 같았다.

홍당무는 이마와 무릎을 벽 뚫기 시합이라도 하듯 벽에다 꼭 붙였다. 그리고 다시 코고는 소리가 나기만 하면 반드시 덮쳐올 르피크 부인의 손톱을 피하려고, 두 손으로 엉덩이를 가리고 다시 큰 침대 속에서 잠이 들었다. 르피크 부인 옆의 벽 쪽에 누워서.

좀 지저분한 이야기라 죄송합니다만

이런 이야기를 해도 괜찮을까? 해야 할까?

다른 아이들 같으면 깨끗한 몸과 마음으로 벌써 영세를 받았을 나이인데도, 홍당무는 아직도 대소변을 가리지 못했다.

어느 날 밤엔 도저히 말할 수가 없어 그대로 참았다. 그는 몸을 비비 꼬며 그것을 참으려고 이를 악물었다. 참으로 어처구니없는 짓이었다. 또 어떤 날 밤엔 밭의 경계선을 나타내는 돌 옆에 기분좋게 웅크리고 있는 꿈을 꾸었다. 그리고 넉살 좋게도 깊이 잠든 채 홑이불에 냅다 갈기고 말았던 것이다.

홍당무는 잠이 깼다. 옆에 있던 돌은 어느새 사라지고 없었다.

다른 때 같으면 르피크 부인이 불같이 화를 낼 텐데, 그날은 그렇지 않았다. 너그럽고 인자한 어머니처럼 조용히 뒤처리를 했다. 어디 그

뿐인가, 다음날 아침 홍당무는 귀염둥이처럼 침대에서 식사까지 했다.

르피크 부인은 침대에 있는 홍당무에게 수프를 갖다주었다. 그것은 아주 야릇한 수프였는데, 사실은 르피크 부인이 수프에다 나무 주걱으로 그것을 약간 풀어 넣었던 것이다. 뭐, 아주 조금이었다.

베갯머리에서는 형 펠릭스와 누나 에르네스틴이 얄궂은 얼굴로 홍당무를 지켜보고 있었다. 신호만 하면 와 하고 웃음을 터뜨릴 기세였다. 르피크 부인은 숟가락으로 조금씩 떠서 막내아들의 입에 수프를 넣어주었다. 르피크 부인이 펠릭스와 에르네스틴에게 눈짓으로 이렇게 말하고 있는 것 같았다.

'자, 어서 준비해!'

'알았어요, 엄마.'

이제 곧 홍당무의 찌푸린 얼굴을 보게 될 거라고 모두들 벌써부터 들떠 있었다. 이웃 사람들도 초대했으면 좋았을 것……. 이윽고 르피크 부인은 홍당무의 형과 누나에게 마지막 눈짓을 했다. 그녀는 이렇게 묻고 있는 것 같았다.

'이제 됐겠지?'

르피크 부인은 천천히 마지막 숟가락을 들어서 입을 벌리고 있는 홍당무의 목구멍까지 수프를 집어넣었다. 그녀는 홍당무에게 강제로 먹여놓고 나서 이렇게 말했다. 비웃듯이 그리고 역겨운 듯이.

"에이! 너는 똥을 먹었어. 그것도 네 것을, 간밤에 네가 싼 것을."

"그럴 줄 알고 있었어."

홍당무는 심드렁하게 대답했다. 그들이 기대했던 얼굴은 전혀 보여 주지 않았다.

이건 예사다. 그리고 무슨 일이든 예사롭게 대하게 되면, 우스운 것도 없어져 버리는 것이다.

요강

1

벌써 몇 차례나 침대에서 곤란한 일이 생겼기 때문에 홍당무는 매일 저녁 그에 대한 준비를 게을리하지 않았다. 여름에는 일이 편했다. 9시에 르피크 부인이 가서 자라고 하면, 홍당무는 스스로 나가 집 밖을 한 바퀴 돌고 왔다. 그러면 밤새도록 안심이다.

그런데 겨울에는 이 산책이 여간 고역이 아니었다. 해가 지면 닭장 문을 닫고 나서 첫 번째 준비를 해두지만, 그것도 헛일이 되어 이튿날 아침까지는 도저히 참아낼 수가 없었다.

저녁 식사를 하고 나서 자지 않고 있으면 9시가 된다. 컴컴해진 지 오래인데도 밤은 언제까지나 계속된다. 그러면 홍당무는 두 번째 준비를 해야 했다.

홍당무는 그날 밤에도 여느 때처럼 자기 자신에게 물었다.

'마렵니? 마렵지 않니?'

대개는 '마렵다.'고 대답한다. 물론 마려워서 못 견딜 때가 있는데, 그것은 달빛이 환히 비치고 있어서 용기가 무럭무럭 솟아나는 날 밤이다. 때로는 아버지와 형 펠릭스가 시범을 보여주기도 했다. 게다가 마렵다 해도 큰것일 때말고는 집에서 멀리 떨어진 들 한복판에 있는 도랑까지 갈 필요는 없었다. 대개 집의 계단 밑으로 내려가면 됐다. 어쨌든 때와 경우에 따라서 달라지는 것이다.

그런데 오늘 밤은 비가 유리창을 구멍투성이의 체처럼 만들 것 같은 기세로 내리고 있고, 바람은 별빛을 꺼버리고, 호두나무는 목장에서 미친 듯이 날뛰고 있었다.

'괜찮겠지!'

홍당무는 차분하게 생각한 끝에 결론을 내렸다.

'안 마려워!'

홍당무는 식구들에게 잘 자라는 인사를 하고 나서 촛불을 들고 복도 맨 구석 오른쪽에 있는 을씨년스럽고 텅 빈 자기 방으로 들어갔다. 그리고 옷을 벗고 누워서 르피크 부인이 오기를 기다렸다.

잠시 후 르피크 부인은 홍당무의 이불자락을 침대 가장자리에 꾹 찔러 여미고는 촛불을 끄고 나갔다. 초는 두고 갔으나, 성냥은 절대로 남겨두지 않았다. 홍당무는 겁이 많기 때문에 문을 닫고 자물쇠를 채웠다.

홍당무는 우선 혼자 있는 기쁨을 맛보았다. 어둠 속에서 여러 가지 일들을 생각하면서 즐기는 것이다. 그날 있었던 일들을 생각하고는, 몇 번이나 어려운 고비를 용케도 잘 빠져나왔구나 하고 다행스럽게 생각하면서, 내일도 역시 같은 행운이 있기를 빌었다. 그리고 이틀 동안만이라도 엄마가 자기에게 주의를 기울이지 말았으면 하고 마음속으로 바랐다.

홍당무는 그런 일들을 꿈꾸면서 잠들려고 했다. 그런데 눈을 감기가 무섭게 곧 여느 때의 불쾌한 기분이 되고 말았다.

'역시 안 되겠는걸.'

홍당무는 생각했다. 다른 사람이라면 곧 일어날 것이다. 그러나 홍당무는 침대 밑에 요강이 없다는 것을 알고 있었다. 그런 일은 결코 없을 거라고 르피크 부인은 우기지만, 그녀는 늘 그것을 가지고 오는 것을 잊기 일쑤였다.

르피크 부인은 "하긴 요강 같은 걸 갖다둘 필요가 어디 있담. 홍당무는 잠들기 전에 미리 조심하고 있는걸, 뭐." 하고 말했었다.

그래서 홍당무는 일어날 생각은 안 하고 이리저리 궁리해 보았다.

'어차피 실수는 하게 되어 있어. 그런데 참으면 참을수록 더욱 곤란 말야. 하지만 당장 해버리면 조금이면 돼. 젖은 홑이불도 이내 내 체온으로 마르게 될 거야. 지금까지의 경험에 의하면, 엄마는 틀림없이 얼룩을 눈치채지 못할 거야.'

홍당무는 마음을 놓았다. 그리고 다시 눈을 감고 푹 잠들었다.

2

깜짝 놀라 잠이 깬 홍당무는 아랫배의 사정이 어떤가 하고 신경을 곤두세웠다.

"아이쿠! 이거 야단났는데!"

홍당무는 깜짝 놀랐다.

아까는 안전하다고 생각했었는데, 그건 잘못된 생각이었다. 엊저녁에 게으름을 피운 것이 잘못이었다. 벼락 맞을 때가 다가왔다.

홍당무는 침대 위에 앉아서 어떻게 하면 좋을까 궁리해 보았다. 방문은 자물쇠로 잠겨 있고, 창문에는 창살이 붙어 있었다. 밖으로 나갈 방법이 없는 것이다.

그래도 홍당무는 벌떡 일어나서 문과 창문의 창살을 만져보았다. 바닥에 배를 깔고 노를 젓듯 허우적거려서 침대 밑 여기저기에 손을 뻗쳤다. 뻔히 없는 줄 알면서도 요강을 찾는 것이다.

홍당무는 침대에 누웠다가 다시 또 일어났다. 잠을 자는 것보다는 몸을 움직이거나 걸어다니며 마루를 쾅쾅 구르는 것이 편했다. 그는 두 손으로 불룩한 배를 꽉 움켜잡았다.

"엄마! 엄마!"

홍당무는 맥없는 목소리로 엄마를 불러보았다. 엄마에게 들리면 곤란하니까. 왜냐하면 만약 르피크 부인이 갑자기 나타나기라도 한다면, 홍당무는 시치미를 떼고 엄마를 놀려주는 시늉을 하게 될 것이 뻔하기 때문이었다. 그래서 엄마를 부른 게 거짓말이 아니라는 것을 아침에 말할 수 있도록 부르고 있을 뿐이었다.

더구나 어떻게 큰소리를 낼 수 있겠는가? 재난이 닥쳐오는 것을 늦추려고 안간힘을 다하고 있는데.

이윽고 견딜 수 없는 고통 때문에 홍당무는 깡충깡충 춤을 추기 시작했다. 벽에 부딪혔다가는 펄쩍 뛰고, 침대의 쇠붙이에 부딪히고 의자에 부딪혔다. 난로에 부딪혔다가 후닥닥 통풍판을 열고는 장작을 걸치는 틈 사이로 뛰어들었다. 몸을 비비꼬며 비벼대다가 더 이상 못 참고, 온몸의 힘이 다 빠져버린 나머지 도리어 꿈을 꾸는 듯 행복에 잠기면서.

침실의 어둠은 점점 더 짙어갔다.

3

홍당무는 새벽녘에야 겨우 잠이 들었다. 그 바람에 늦잠을 자고 말았다. 르피크 부인이 문을 열고 들어와서 얼굴을 찌푸렸다. 그녀는 입을 삐죽거리고는 콧구멍을 벌름거리면서 냄새 맡는 시늉을 하며 말했다.

"어머나, 무슨 고약한 냄새가 나는구나!"

"안녕히 주무셨어요, 엄마!"

홍당무가 아침 인사를 했다.

르피크 부인은 홑이불을 젖히고는 방안 구석구석 냄새를 맡고 다녔다. 그리고 잠시 후에 그것을 찾아내고야 말았다.

"난 배가 아팠어. 더구나 요강이 없었는걸."

홍당무는 황급히 변명했다. 그것이 가장 멋진 핑계라고 생각했다.

"거짓말쟁이! 거짓말쟁이 같으니라고!"

르피크 부인은 소리쳤다.

그녀는 방에서 뛰어나가 요강을 보이지 않게 치마로 가리면서 가지고 왔다. 그리고 재빨리 침대 밑에 밀어놓고는 홍당무를 일으켜세운 다음 뺨을 찰싹 때렸다.

르피크 부인은 온 식구들을 불러놓고 소리를 질렀다.

"나는 도대체 무슨 죄를 지어서 이런 아이를 낳았을까!"

그러고는 당장 걸레와 물이 가득 담긴 양동이를 들고 와서 불이라도 끄는 듯한 기세로 난로에 물을 끼얹었다. 이불을 털고 호들갑을 떨면서 호소하는 듯한 말투로 '바람을 넣어요! 바람을!' 하고 모두에게 말했다.

르피크 부인은 그렇게 해놓고는 홍당무의 코앞에서 요란한 몸짓을 해가면서 악을 썼다.

"홍당무, 너 정말 한심한 아이로구나. 신경이 망가지기라도 했니? 점점 더 별스러워지는구나. 얘는 정말 짐승이야. 아마 짐승이라도 요강을 갖다바치면 거기다 오줌을 눌 거다. 그런데도 너는 난로 안에 누었으니, 하느님도 증인이 되어주실 거야. 나는 너 때문에 미치겠어. 그래, 미치광이가 되어서 죽어버릴게."

홍당무는 맨발에 셔츠 바람으로 요강을 뚫어지게 보고 있었다. 어젯밤에는 분명히 없던 요강이 지금은 침대 발치에 떡하니 놓여 있는 것이다. 홍당무는 그 하얗고 텅 빈 요강을 보고 있으려니 눈이 뱅뱅 도는 것 같았다.

'이렇게 보여주었는데도 없었다고 우겨대면 뻔뻔스러운 녀석이라고 말하겠지?'

가족들은 홍당무를 한심스러워했다. 놀려대기 좋아하는 이웃 사람들은 줄을 지어 서 있었다. 때마침 우편 배달부가 왔다. 그들은 홍당무에게 귀찮은 질문을 퍼부었다.

"거짓말이 아냐!"

이윽고 홍당무가 요강을 보면서 대답했다.

"나도 이젠 모르겠어. 맘대로 해요!"

토끼

"네 몫의 멜론은 없어."

르피크 부인이 말했다.

"게다가 넌 날 닮아서 멜론을 싫어하지?"

'참, 잘도 꾸며대는군.'

홍당무는 속으로 중얼거렸다.

좋고 싫은 것도 이런 식으로 늘 강제적이다. 언제나 엄마가 좋아하
는 것을 좋아한다고 말하지 않으면 안 된다. 치즈가 나오면 엄마는
"틀림없이 홍당무는 안 먹을 거야." 하고 앞질러 말해 버렸다. 그러면
홍당무는 이렇게 생각한다.

'엄마가 저렇게 말하니, 먹어볼 필요도 없는 일이지.'

설불리 먹었다가는 호되게 당한다는 것을 홍당무는 잘 알고 있었다.

곧 자신만이 알고 있는 곳에서 괴상한 일로 자신을 만족시킬 수 있지 않은가.

디저트가 나오면 르피크 부인은 홍당무에게 말한다.

"이 멜론 찌꺼기를 토끼에게 갖다주어라."

홍당무는 천천히 걸어서 심부름을 갔다. 멜론 찌꺼기를 한 조각도 떨어뜨리지 않으려고 접시를 반듯하게 받쳐들고서.

토끼장으로 들어서자, 토끼들이 귀를 늘어뜨리고 콧잔등을 위로 치켜올려 북이라도 치는 듯한 모습으로 앞발을 빳빳하게 내민 채 홍당무를 에워쌌다.

"자, 좀 기다려. 사이좋게 나눠 먹자꾸나."

그러고는 토끼 똥이며 양배추 속, 접시꽃 잎사귀 등이 뒤범벅되어 쌓여 있는 곳에 털썩 앉았다. 토끼들에게는 멜론 씨를 털어주고, 자기는 국물을 쭉쭉 빨아먹었다. 멜론 국물은 발효하기 전의 포도즙 못지 않게 달콤하다.

그런 다음, 가족들이 먹다 남긴 껍질에 붙은 살을, 말하자면 아직 입안에서 녹일 수 있는 것은 조금도 남기지 않고 먹었다. 그리고 파란 껍질은 쪼그리고 앉아 있는 토끼들에게 주었다.

토끼장의 문은 닫혀 있다.

모두 낮잠 잘 시간의 햇살이 토끼장 지붕 틈으로 비쳐들어, 그 끝을 시원한 그늘 속에 담그고 있다.

곡괭이

형 펠릭스와 홍당무가 나란히 일을 하고 있다. 둘 다 손에 곡괭이를 들고 있다. 형 펠릭스의 것은 특별히 대장간에 주문해서 만든 쇠로 된 것이지만, 홍당무의 것은 자기가 직접 만든 나무 곡괭이다. 둘은 쉬지 않고 부지런히 경쟁을 하며 밭을 일구고 있다. 그러다가 돌연 정말 생각지도 못한 순간에—재난이 생기는 것은 언제나 이런 순간이지만—홍당무는 이마 한가운데를 곡괭이로 얻어맞았다.

그런데 잠시 후 홍당무는 형 펠릭스를 침대로 옮겨 살며시 눕혀야만 했다. 그는 동생이 피를 흘리는 것을 보고 까무러쳤던 것이다. 온 식구가 펠릭스 옆으로 몰려들어, 발돋움을 하고 들여다보면서 걱정스러운 듯이 한숨을 지었다.

"정신 들게 하는 약은 어디 있지?"

"찬물을 조금 줘요. 머리를 식혀줘야겠어."

홍당무는 의자 위에 올라가서 모두의 머리 사이에서 어깨너머로 내려다보았다. 펠릭스는 이마에 붕대를 감고 있는데, 벌써 빨갛게 물들어 있었다. 피가 스며나와 번진 것이다.

르피크 씨가 홍당무에게 말했다.

"혼났구나!"

붕대를 감아준 에르네스틴이 말했다.

"푹 팼어요. 버터에다 구멍을 뚫어놓은 것 같아요."

홍당무는 울지 않았다. 왜냐하면 그래 봤자 별 수 없다고 모두가 말했기 때문이었다.

잠시 후, 펠릭스가 한쪽 눈을 떴다. 그리고 다른 한쪽 눈도 떴다. 무서웠을 뿐이지 아무 일도 없었다. 얼굴에 차차 핏기가 돌아오자, 걱정과 불안이 모두의 마음에서 사라졌다.

"밤낮 이렇다니까."

르피크 부인이 홍당무에게 말했다.

"왜 조심하지 않았니, 이 바보야!"

엽총

르피크 씨가 두 아들에게 말했다.

"엽총은 두 사람에 한 자루만 있으면 돼. 사이좋은 형제는 뭐든지 같이 쓰는 거다."

"좋아요, 아빠."

형 펠릭스가 대답했다.

"번갈아 쓰겠어요. 홍당무에게 이따금 빌려주기도 하고요."

홍당무는 잠자코 있었다. 형의 말을 믿지 않았기 때문이었다.

녹색 케이스에서 엽총을 꺼내 들고 르피크 씨가 물었다.

"누가 먼저 가지겠니? 그야 형이 먼저 써야겠지?"

펠릭스 : 홍당무한테 양보하겠어요. 네가 먼저 가져라!

르피크 씨 : 펠릭스, 오늘 아침엔 아주 기특하구나. 잊지 않으마.

르피크 씨는 엽총을 홍당무의 어깨에 메어주었다.

르피크 씨 : 자, 싸우지 말고 놀다오너라.
홍당무 : 개를 데리고 갈까요?
르피크 씨 : 필요 없어. 너희가 번갈아 개가 되면 돼. 게다가 너희들같이 솜씨 좋은 사냥꾼은 사냥감에 상처를 입히지 않는 법이야. 한 발로 쏘아 죽이는 거야.

홍당무와 펠릭스의 모습이 멀어졌다. 그들은 평소와 같이 간편한 옷차림이다. 장화를 안 신은 것이 유감이지만, 르피크 씨는 늘 진짜 사냥꾼은 그런 건 개의치 않는다고 말했다. 진짜 사냥꾼은 바지 자락을 발목까지 질질 끌고 다닌다. 절대로 바지 자락을 걷어올리거나 하지 않는다. 그런 모습으로 진흙탕 속이든 밭 한가운데든 예사로 걸어간다. 그러면 곧 진흙탕 장화가 저절로 생긴다. 무릎까지 오는 단단한 자연의 장화다. 하녀는 이 장화를 각별히 다루도록 명령을 받는다.
"너는 빈손으로 돌아오는 일은 없을 테지."
펠릭스가 말했다.
"자신 있어."
홍당무가 대답했다.

어깨 밑의 움푹한 데가 근질근질해서 총신이 제대로 붙어 있지 않는다.

"자!"

형 펠릭스가 말했다.

"얼마든지 실컷 갖게 해줄게."

"역시 우리 형이야."라고 말하는 홍당무.

한 무리의 새가 공중으로 날아오르자 홍당무는 걸음을 멈추고 펠릭스에게 움직이지 말라는 신호를 했다. 새떼는 나무 울타리에서 나무 울타리로 날았다. 두 사냥꾼은 몸을 낮추고 살금살금 다가갔다. 마치 졸고 있는 새를 깨우지 않으려는 모습으로. 그런데 새떼는 날쌔게 날아올라 지지배배 지저귀며 다른 곳에 가서 앉았다. 두 사냥꾼은 다시 몸을 일으켰다. 펠릭스는 욕을 퍼부어댔다. 홍당무는 가슴이 두근거렸지만, 형처럼 성미가 급해서 그런 것은 아니었다. 자신의 솜씨를 보여줄 순간이 두려운 것이다.

만약에 맞히지 못한다면! 홍당무는 그 순간이 미루어질 때마다 마음이 놓였다.

그런데 이번에는 새 쪽에서 그를 기다리고 있는 것처럼 보였다.

펠릭스 : 아직 쏘지 마, 너무 멀어.

홍당무 : 그럴까?

펠릭스 : 물론이지! 몸을 숙이고 있기 때문에 가까워 보이는 거야. 바

로 옆이라고 생각해도 사실은 퍽 멀리 있지.

펠릭스는 자기 말이 옳다는 것을 보여주려고 불쑥 얼굴을 내밀었다. 그 바람에 새들이 깜짝 놀라 날아가버렸다.

그런데 그중 한 마리가 작은 나뭇가지 끝에 앉아 있었다. 나뭇가지가 휘어져서 새가 흔들거렸다. 새는 꼬리를 흔들면서 머리를 움직이고는 배를 드러내 보이고 있었다.

홍당무 : 됐다, 저 정도면 쏠 수 있어. 확실해.
펠릭스 : 비켜봐, 정말 저놈은 근사한데? 저건 꼭 맞힐 거야. 빨리 총을 이리 줘.

얼떨결에 총을 빼앗긴 홍당무는 하품을 했다. 그 대신 홍당무의 눈 앞에서 펠릭스가 총을 어깨에 대고는 겨냥을 하더니 탕 하고 한 발 쏘았다. 새는 보기 좋게 떨어졌다. 마치 요술 같았다.

홍당무는 조금 전까지 총을 소중하게 가슴에 껴안고 있었다. 그런데 갑자기 총을 빼앗겼다가 다시 눈 깜짝할 사이에 되돌아왔다. 펠릭스는 총을 홍당무에게 돌려주더니 몸소 사냥개 노릇도 했다. 이렇게 말하면서…….

"꾸물거리지 말고 좀 서둘러."

홍당무 : 천천히 서두를게.

펠릭스 : 아니, 너 화가 난 얼굴이구나.

홍당무 : 물론이지. 그럼 좋아서 노래라도 부르란 말이야?

펠릭스 : 새를 잡았으면 그만 아냐? 놓쳤을 경우를 생각해 봐.

홍당무 : 하지만 난 말이야…….

펠릭스 : 너나 나나 마찬가지야. 오늘은 내가 잡았으니, 내일은 네가 잡아.

홍당무 : 내일이라고?

펠릭스 : 꼭이야. 약속할게.

홍당무 : 알 게 뭐야. 항상 전날에는 그렇게 약속하는걸, 뭐.

펠릭스 : 하나님께 맹세하겠어! 그럼 됐지?

홍당무 : 좋아…… 그보다도 곧 다른 새를 찾아야지. 이번에는 내가 쏘아볼게.

펠릭스 : 안 돼, 벌써 늦었어. 집으로 돌아가서 엄마한테 이놈을 구워 달라고 하자. 이거 너 줄게. 주머니에 넣어둬. 심술꾸러기야, 주둥이는 내놓아야지.

두 사냥꾼은 집으로 발길을 재촉했다. 길을 가다 가끔 농부를 만났는데, 모두들 이렇게 말했다.

"얘들아, 설마 아버지를 쏜 건 아니겠지?"

홍당무는 기분이 좋아져서 조금 전의 일은 까맣게 잊어버렸다. 둘은 아주 사이좋게 우쭐대면서 집으로 돌아왔다.

르피크 씨는 두 아들의 모습을 보자 놀라며 말했다.

"아니, 홍당무. 아직도 총을 메고 있구나. 그럼 네가 죽 가지고 있었니?"

홍당무가 대답했다.

"네, 대부분……."

두더지

홍당무는 길에서 두더지를 보았다. 두더지는 굴뚝 청소부처럼 새까 맸다. 홍당무는 실컷 가지고 놀다가 죽이기로 마음먹었다. 그래서 몇 번이고 공중으로 던져 올렸다. 돌멩이 위에 떨어지도록.

처음에는 모든 것이 순조롭게 잘 되어갔다. 두더지는 이미 다리가 부러지고 머리와 등이 터져 곧 죽을 것처럼 보였다.

그런데 홍당무는 깜짝 놀랐다. 두더지가 좀처럼 죽지 않을 것 같았 던 것이다. 지붕까지 높이, 하늘 높이 던져도 도무지 뜻대로 되지 않았 다.

"굉장한데, 아직도 안 죽다니."

홍당무는 중얼거렸다.

두더지는 피로 얼룩진 돌 위에 엉겨붙어 있었지만, 기름진 배는 파

르르 떨렸다. 그리고 그 떨림이 아직 살아 있는 증거라고 착각하게 했
다.

"이건 정말 놀랄 일이야!"

홍당무는 약이 올라서 소리쳤다.

"이래도 못 죽겠니!"

홍당무는 방법을 바꾸기로 했다. 얼굴이 시뻘게지고 눈에 눈물을 글
썽이며 두더지에게 침을 뱉었다. 그리고 돌에다 힘껏 메어쳤다.

그런데도 그 보기 흉한 배는 여전히 움직이고 있었다. 홍당무가 약
이 올라 메어치면 칠수록 두더지는 더욱 죽지 않으려고 버티는 것같이
보였다.

말먹이 풀

홍당무와 펠릭스는 저녁 예배를 마치고 급히 집으로 돌아오는 길이었다. 4시가 간식 시간이었기 때문이다.

펠릭스에게는 버터나 잼을 바른 빵이 돌아갈 테지만, 홍당무의 빵에는 아무것도 발라져 있지 않을 것이다. 왜냐하면 홍당무는 너무 빨리 어른스럽게 점잔을 부리려고 식구들 앞에서 자기는 먹보가 아니라고 뽐냈기 때문이다. 홍당무는 자연 그대로의 것을 좋아하여 보통 때에도 아무것도 바르지 않은 빵을 으스대며 먹었다.

홍당무는 그날도 역시 형 펠릭스보다 빠른 걸음으로 걷고 있었다. 제일 먼저 간식을 먹기 위해서였다.

아무것도 안 바른 빵은 이따금 매우 단단했다. 그럴 때면 홍당무는 마치 적이라도 공격하듯 빵을 물어뜯었다. 빵을 꽉 쥐고 우악스럽게 뜯어먹는 것이다. 박치기를 몇 번이나 해서 잘게 만드느라고 빵가루가 사방에 흩어지기도 했다. 그러면 옆에 앉아 있는 부모와 형제들은 신기한 듯이 그를 바라보았다.

아무튼 홍당무의 위는 타조처럼 튼튼하니까 돌이건 녹슨 동전이건 가리지 않고 소화시킬 것이 틀림없었다. 다시 말하면, 그는 어떤 고약한 음식이라도 모두 받아들였다.

홍당무는 대문의 걸쇠를 벗기려고 했으나 대문은 열리지 않았다.

"틀림없이 아빠도 없고 엄마도 없어. 발로 차봐, 형!"

홍당무가 말했다.

형 펠릭스는 "제기랄!" 하고 소리를 지르면서 못을 잔뜩 박은 육중한 문에 몸을 부딪혔다. 한참 동안 탕탕 하고 울려퍼지는 소리. 그런 다음 둘이서 힘을 합해 어깨로 밀어보았지만 어깨만 아플 뿐, 아무 소용이 없었다.

홍당무 : 진짜 없나 봐.
펠릭스 : 도대체 어딜 가셨을까?
홍당무 : 그런 것까지야 알 수 있나. 아무튼 앉아.

싸늘한 계단에 엉덩이를 대고 있으려니 한번도 느껴본 적이 없는 시장기가 느껴졌다. 펠릭스는 하품을 하고 주먹으로 가슴을 두드리며, 참을 수 없이 심한 허기증을 숨김없이 드러냈다.

펠릭스 : 엄마나 아빠가 돌아올 때까지 얌전하게 기다리고 있으리라고 생각했다가는 큰 잘못이지.

홍당무 : 하지만 달리 좋은 방법이 없잖아.

펠릭스 : 기다릴 수 없어. 굶어 죽고 싶지 않다고. 난 지금 당장 먹고 싶어. 뭐든지 좋아, 풀이라도 말이야.

홍당무 : 풀이라고? 그거 좋은 생각인데. 아빠와 엄마를 골탕먹이자는 거지?

펠릭스 : 물론이야! 누구나 샐러드를 잘 먹잖아? 우리끼리 말이지만, 말먹이 풀도 샐러드처럼 연하거든. 기름도 식초도 안 친 샐러드인 셈이지.

홍당무 : 샐러드처럼 뒤섞지 않아도 되고.

펠릭스 : 우리 내기할래? 나는 말먹이 풀을 먹겠어. 하지만 넌 못 먹을 걸?

홍당무 : 왜 형은 먹을 수 있는데 나는 못 먹는다는 거야?

펠릭스 : 너 정말 내기할래?

홍당무 : 그보다 옆집에 가서 빵 한 조각과 요구르트를 얻어오는 게 어떨까?

펠릭스 : 난 말먹이 풀이 더 좋겠는데.

홍당무 : 그럼 가.

이윽고 파란빛의 말먹이 풀밭이 두 사람 눈앞에 먹음직스럽게 펼쳐졌다. 풀밭으로 들어서자마자 둘은 재미가 나서 일부러 신발을 질질 끌면서 부드러운 줄기를 짓밟아 좁다란 길을 만들기도 했다. 이 길을 본 사람은 틀림없이 불안해져 먼 훗날까지도 이렇게 말할 것이 틀림없다.

"도대체 어떤 짐승일까?"

냉기가 바지 자락을 스쳐 종아리로 스며들었다. 종아리가 조금씩 저려왔다. 둘은 풀밭 한복판에 엎드렸다.

"기분좋은데."

펠릭스가 말했다.

말먹이 풀의 잎사귀가 얼굴을 간질였다. 둘은 웃었다. 옛날 한 침대에서 함께 자던 시절처럼. 그 무렵에는 곧잘 아버지가 옆방에서 이렇게 호령을 하곤 했다.

"이제 그만 자거라!"

홍당무와 펠릭스는 배고픈 것도 잊고 뱃사람, 개 그리고 개구리 흉내를 내며 헤엄치기 시작했다. 두 개의 머리만이 풀 위에 나와 있었다. 쉽게 부서지는 파란빛의 잔잔한 물결을 손으로 헤치고 발로 눌러 차기도 했다. 잔잔한 물결은 한번 흩어지자 다시는 일어서지 않았다.

"턱까지 왔다."

펠릭스가 말했다.

"이것 봐, 형. 난 이렇게 죽죽 나가잖아."

홍당무가 말했다.

둘은 너무도 기분이 좋아서 잠깐 쉬었다가는 좀더 조용히 그 행복한 기분을 맛보지 않을 수 없었다.

홍당무와 펠릭스는 팔을 괴고 두더지가 파놓은 봉긋한 길을 눈으로 좇고 있었다.

그 좁다란 길은 땅바닥 위에 지그재그로 뻗어 있었는데, 마치 살갗에 불거져 올라와 있는 할아버지의 힘줄 같았다. 그 길은 자취를 감추었다가 다시 빈터에서 불쑥 얼굴을 내밀었다.

빈터에는 온갖 풀과 나무의 영양분을 가로채어 먹는 새삼 덩굴이 불그스름한 힘줄 모양의 줄기를 뻗고 있었다. 그것은 악질적인 기생풀로서 미끈하게 자란 말먹이 풀을 말려 죽여버렸다.

두더지 집은 거기에 인도식으로 세워진 움막 몇 채를 가지런히 세운 작은 마을 모양을 이루고 있었다.

"이것으로 끝난 게 아니야."

펠릭스가 말했다.

"자, 먹자. 시작! 내 몫을 건드리면 안 돼."

펠릭스는 팔을 안으로 꺾어서 활 모양을 만들었다.

"난 나머지만으로 충분해."

홍당무가 말했다.

두 개의 머리가 사라졌다. 설마 이런 곳에 두 사람이 있으리라고는 아무도 상상하지 못할 것이다.

바람이 부드러운 입김으로 말먹이 풀의 얇은 잎사귀를 흔들자 그 푸르스름한 뒷면이 보였다. 그러고는 산들바람이 불어와 풀밭의 모든 잎사귀를 차례로 간질였다.

펠릭스는 말먹이 풀을 한아름 뽑아서 머리에 덮어쓰고는, 입에 쑤셔 넣는 체하며 송아지가 풀을 뜯어먹을 때 내는 소리를 흉내냈다. 송아지는 말먹이 풀을 너무 먹어서 곧잘 배불뚝이가 되곤 했는데, 세상을 조금은 알고 있는 펠릭스는 뿌리까지 모조리 먹어버리는 시늉을 했다. 홍당무는 형이 진짜로 말먹이 풀을 먹는 줄 알았다. 그래서 형보다도 신경질적으로 깨끗한 잎만을 골라서 먹었다.

홍당무는 코끝에서 잎사귀를 말아서 입으로 가져가 천천히 씹었다.

'서두를 필요가 어디 있담?

식탁을 시간제로 빌린 것도 아니다. 서두를 것은 없었다.

홍당무는 혓바닥이 쓰고 속이 뒤집힐 것 같았지만 꾹 참고 사각사각 씹어서 꿀꺽 삼켰다. 제딴은 진수성찬을 받은 셈이다.

술잔

    홍당무는 이제부터 식사 때 포도주를 마시지 않기로 했다. 2, 3일 동안 포도주 마시는 버릇을 깨끗이 없애버렸으므로 집안 식구나 친구들은 깜짝 놀랐다. 사연인즉 이렇다.

    어느 날 아침, 홍당무는 르피크 부인이 여느 때처럼 포도주를 따라주려고 하자 이렇게 말했다.

    "필요 없어요, 엄마. 전 목이 안 말라요."

    홍당무는 저녁 식사 때 또 말했다.

    "필요 없어요, 엄마. 전 목이 안 말라요."

    "애, 아주 알뜰해졌구나."

    르피크 부인이 말했다.

    "네 덕분에 다른 사람이 먹을 게 많아지겠다."

그리하여 홍당무는 그 첫날을 포도주를 마시지 않고 지냈다. 날씨도 포근해서 목이 안 말랐기 때문이었다.

이튿날, 르피크 부인이 상을 차리면서 물었다.

"오늘은 마시겠니, 홍당무?"

"글쎄, 잘 모르겠어요."

홍당무가 대답했다.

"좋을 대로 하렴."

르피크 부인이 말했다.

"잔이 필요하거든 찬장에서 가지고 오너라."

기분이 내키지 않아서인지, 잊어버렸는지, 아니면 제 손으로 가지러 가는 것이 쑥스러워서였는지 홍당무는 잔을 가지러 가지 않았다. 모두들 깜짝 놀라고 말았다.

"훌륭하구나, 홍당무. 네게 그런 능력이 있었다니, 신통하구나."

르피크 부인이 말했다.

"보기 드문 능력이야."

르피크 씨가 거들었다.

"나중에 큰 도움이 될 거야. 낙타도 타지 않고 혼자서 사막을 헤맬 때 말이다."

형 펠릭스와 누나 에르네스틴은 내기를 했다.

에르네스틴 : 틀림없이 일주일은 안 마실 거야.

펠릭스 : 흥, 일요일까지 사흘만 견뎌도 제법이지.

"그렇지만……."

홍당무가 히죽 웃으면서 말했다.

"목이 안 마르면 난 언제까지라도 안 마실래. 토끼나 마멋을 봐. 별로 대단한 일은 아니잖아."

"너는 마멋과 다르잖아."

펠릭스가 말했다.

홍당무는 두 사람에게 본때를 보여주고 싶었다. 르피크 부인은 여전히 그의 잔을 내놓지 않았다. 홍당무도 잔을 달라고 하지 않았다. 비꼬는 칭찬도, 진심에서 우러나오는 칭찬도 귓전으로 흘러들었다.

"저 애는 병이 났거나 아니면 미친 거야." 하고 말하는 사람도 있었다. 또 이렇게 말하는 사람도 있었다.

"틀림없이 몰래 마실 거야."

그런데 무슨 일이든 신기한 것은 처음 한때뿐이므로, 입 안이 마르지 않았다는 증거를 보여주기 위해 홍당무가 혀를 내미는 횟수도 점점 줄어들었다. 그리고 부모님도 이웃 사람들도 예사로 여기게 되고 말았다. 다만 영문을 모르는 몇 사람만이 이런 이야기를 듣고 깜짝 놀란 듯이 팔을 휘저으며 말했다.

"그럴 수가 있나? 자연의 욕구를 참을 수 있는 사람이 있을까."

의사에게 의논하니, 극히 희한한 증세지만 요컨대 세상에는 어떤 현상이든 있을 수 있다고 말했다.

한편, 홍당무 스스로도 무척 놀랐다. 포도주를 안 마시는 동안에 고통스러워지겠지 하고 걱정했었는데, 인내심을 가지고 굳게 지켜나가기만 하면 뜻하는 바를 이룰 수 있다는 것을 깨달았기 때문이었다.

처음엔 쓰라린 괴로움을 스스로 떠맡아서 모험을 해볼 작정으로 시작했는데, 괴롭지도 않고 아무렇지도 않았다. 몸도 오히려 좋아진 것 같았다. 목마른 것뿐만 아니라, 배고픈 것도 견딜 수 있음을 보여주지 못하는 것이 유감스러웠다. 음식을 먹지 않고 공기만으로 살아갈 수는 없을까.

홍당무는 잔 같은 건 까마득하게 잊어버려 오래전부터 필요 없는 물건이 되었다. 그래서 하녀 오노린은 그 속에다 촛대를 닦는 붉은 모래를 가득 담아두었다.

빵 조각

르피크 씨는 기분이 좋을 때면 자진해서 아이들과 함께 놀았다. 뜰 안의 작은 길을 거닐면서 여러 가지 재미있는 이야기를 해주는 동안, 펠릭스와 홍당무는 곧잘 땅바닥을 뒹굴곤 했다. 너무 우스워서 참을 수가 없었던 것이다.

오늘 아침에도 정말 대단했다. 에르네스틴이 와서 점심 준비가 되었다고 말하는 바람에 가까스로 진정할 수 있었다. 그러나 가족이 모두 모이면 늘 얼굴을 찌푸리고 있었다.

모두들 여느 때와 마찬가지로 숨도 쉬지 않고 급하게 먹었다. 만일 다음 시간이 예약된 식탁이라면 이제 다른 손님한테 자리를 물려주어도 조금도 지장이 없을 정도였다.

르피크 부인이 말했다.

"빵 조각 좀 집어줘요. 과일 설탕조림을 먹어치워야지."

르피크 부인은 누구한테 그렇게 말한 것일까?

대개의 경우, 르피크 부인은 남에게 부탁하지 않고 자기가 먹을 것은 손수 가져다 먹곤 했던 것이다.

그리고 개한테 외에는 말을 걸지 않았다. 개에게 야채 값을 가르쳐주고, 요즈음 쥐꼬리만한 예산으로 여섯 식구와 한 마리의 개를 먹여 살리는 일이 얼마나 어려운지 설명하기도 했다.

"그래."

그녀는 어리광을 부리느라 코를 실룩거리면서 꼬리로 구두 닦는 매트를 두들기고 있는 피람에게 말했다.

"이 집 살림살이를 꾸려나가는 괴로움을 네가 알 까닭이 없지. 틀림 없이 너도 남자들처럼, 요리를 맡고 있는 주부는 모두 거저 사온다고 생각하고 있겠지. 버터 값이 오르든, 달걀이 손도 못 내밀 만큼 비싸든 그런 건 관심도 없지."

그런데 르피크 부인이 오늘만은 모두를 깜짝 놀라게 했다. 희한하게 도 르피크 씨에게 직접 말을 건 것이다. 다른 사람도 많았는데, 르피크 씨를 향해서 설탕조림을 먹어치워야겠으니 빵 조각을 달라고 부탁한 것이다. 그것은 누구나 의심할 여지가 없는 사실이었다.

우선 첫째로, 르피크 부인의 눈은 남편 쪽을 보고 있었다. 둘째로, 빵은 르피크 씨 옆에 있었다.

르피크 씨는 깜짝 놀라 한순간 망설였다. 그리고 접시 위의 빵을 손가락 끝으로 집어들더니, 정색을 하고 우울한 얼굴로 르피크 부인에게 던졌다. 장난으로 그렇게 했는지, 싸움을 시작한 것인지 그것은 알 수 없었다. 에르네스틴은 르피크 부인과 마찬가지로 모욕당한 기분이 들었다.

'아빠 오늘 기분이 좋은데!'

펠릭스는 이렇게 생각하며 의자를 삐걱거리면서 말 달리는 시늉을 했다. 홍당무는 입술이 벽돌처럼 굳어져서 아무 말도 하지 않았다. 입술에는 음식 찌꺼기를 더덕더덕 붙이고 윙윙 울리는 이명 속에 구운 사과를 잔뜩 입에 넣은 채 꾹 참고 있었다.

르피크 부인이 식탁에서 벌떡 일어서지 않았더라면, 아마 긴장한 나머지 방귀라도 뀌었을 것이다. 왜냐하면 르피크 부인이 아들과 딸의 눈앞에서 인간 쓰레기 같은 취급을 당했으니까!

나팔

르피크 씨는 오늘 아침 파리에서 막 돌아온 길이었다. 그는 큰 트렁크를 열었다. 큰아들 펠릭스와 딸 에르네스틴에게 줄 선물이 나왔다. 그것은 너무나 훌륭한 선물로, 더구나 두 사람이 밤새도록 꿈꾸었던—이 얼마나 신통한 일인가!—바로 그 물건이었다.

르피크 씨는 등뒤로 두 손을 감추고는 짓궂게 홍당무를 바라보며 말했다.

"이번에는 네 차례다. 나팔이냐, 아니면 권총이냐?"

홍당무는 개구쟁이라기보다는 오히려 조심스러운 성격이었다. 그러므로 나팔을 갖고 싶을 것이 틀림없었다. 하지만 그는 늘 주위에서 이렇게 말하는 것을 들었다. 자기 나이 또래의 사내아이는, 총이라든가 허리에 차는 긴 칼이라든가 전쟁놀이 장난감이 아니면 진짜 노는 기분이 안 난다고. 화약 냄새를 맡거나 닥치는 대로 물건을 때려부수고 싶은 나이가 됐기 때문에—아버지는 아이들의 기분을 잘 알고 있었다. 그러니까 모두에게 알맞은 선물을 사온 것이다.

"난 권총이 좋아요."

홍당무는 당돌하게 말했다. 아버지의 기분을 확실히 알아맞혔다는 듯이. 그리고 조금 들떠서 이런 말까지 했다.

"숨겨도 소용없어요. 보이는걸, 뭐!"

"아, 그래!"

르피크 씨가 머뭇거리면서 말했다.

"권총 쪽이 좋으냐? 너도 그렇게 변했구나."

얼떨떨해진 홍당무는 즉시 말을 바꾸었다.

"아니, 그렇지는 않아요, 아빠. 장난 삼아 말했을 뿐이에요. 걱정 안 하셔도 돼요. 전 권총 같은 건 아주 싫어요. 자, 빨리 나팔이나 주세요. 전 나팔 부는 게 제일 좋아요."

르피크 부인 : 그렇다면 왜 거짓말을 했니? 나팔이 좋으면서 권총이 좋다고 말하다니, 아버지를 골탕 먹이려고 그랬지? 게다가 아무것도 안 보이는데 권총이 보인다고 거짓말을 한 것은 좋지 않아. 거짓말을 한 벌로, 권총도 나팔도 주지 않겠다. 이 나팔을 잘 봐라. 빨간 술 세 개와 금빛 술이 있는 깃발도 하나 달려 있어. 잘 봤지? 자, 방해가 되니 가 봐라. 저리로 가란 말이야. 그리고 손가락을 대고 휘파람이라도 불어 보렴.

벽장 꼭대기 서랍 속, 개켜둔 하얀 속옷 위에서 빨간 술 세 개와 금빛 술이 있는 깃발에 싸인 홍당무의 나팔이 나팔수를 기다리고 있었다. 홍당무의 손에 닿지도 않고 눈에 보이지도 않는 가운데 마치 마지막 심판 날의 나팔처럼 묵묵히 기다리고 있었다.

머리카락

일요일이면 르피크 부인은 아이들한테 꼭 미사를 보라고 했다. 아이들을 깨끗하게 단장시키는 일은 에르네스틴이 맡았다. 그 때문에 그녀의 치장은 곧잘 늦어졌다. 그녀는 넥타이도 매주고 손톱도 깎아주고 기도서도 챙겨주었다. 가장 두툼한 기도서는 홍당무가 가지기로 되어 있었다. 그런데 가장 중요한 것은 형제들의 머리에 포마드를 발라주는 일이었다. 그녀는 이 일에 아주 열성이었다.

홍당무는 시키는 대로 얌전히 서 있지만, 펠릭스는 가만히 있지 않고 "나 화낼 거야." 하고 에르네스틴에게 으름장을 놓곤 했다. 그러면 그녀도 이런 말로 펠릭스를 구슬렸다.

"오늘도 깜박 잊어버리고 발랐어. 일부러 그런 건 아니야. 다음 일요일부터는 꼭 조심할게."

그러면서도 언제나 슬쩍 발라버리는 것이었다. 그러면 펠릭스는 이렇게 말했다.

"두고 보자."

오늘 아침에도 목욕을 한 뒤 수건을 걸친 채 머리를 숙이고 있는 동안에 에르네스틴이 또 몰래 포마드를 발랐는데, 아마도 펠릭스는 모르는 모양이었다.

에르네스틴이 말했다.

"자, 원하는 대로 했으니 투덜거리지 마. 난로 위를 봐. 포마드 병의 뚜껑이 닫혀 있잖아. 참 신통하지? 오빠 머리는 포마드 바를 필요가 없어. 홍당무 머리는 시멘트가 필요할 정도지만, 오빠는 안 그래. 저절로 곱슬거리면서 말을 잘 듣는걸, 뭐. 오빠 머리카락은 꼭 양배추 같아. 이 가르마도 저녁때까진 그대로 있을 거야."

"고마워."

펠릭스는 조금도 의심하는 기색 없이 일어섰다. 다른 날처럼 머리를 만져보고 사실 여부를 확인해 보지도 않았다.

에르네스틴은 펠릭스가 옷 입는 것을 차근차근 돌보아주었다. 그리고 흰 비단 장갑을 끼워주었다.

"이제 됐어?" 하고 펠릭스가 묻자, "멋져, 마치 왕자님 같아." 하고 에르네스틴이 말했다.

"이제 모자만 쓰면 되겠네. 오빠, 장롱에서 모지를 가지고 와."

그러나 펠릭스는 일부러 모르는 척하고 장롱 앞을 그냥 지나쳐 찬장으로 가서 문을 열었다. 그러고는 물이 가득 든 주전자를 꺼내더니 천연덕스럽게 물을 주르르 머리에 부었다.

"미리 말했잖아! 바보 취급은 그만둬. 너 같은 계집애가 나 같은 도사를 속이려 하다니. 이래도 정신 못 차리고 또 발라봐라. 포마드 병을 아예 강물 속에 집어던지고 말 테니!"

머리는 납작해지고, 나들이옷에서는 물이 뚝뚝. 흠뻑 젖은 펠릭스는 옷을 갈아입혀 주거나 햇빛에 말려주거나 둘 중 하나를 기다리고 있었다. 어느 쪽이라도 상관없었다.

"쳇, 저게 무슨 꼴이야!"

홍당무는 중얼거렸다. 그러면서도 속으로는 감탄했다.

'형은 무서운 것이 없다. 내가 저런 짓을 했다간 큰 웃음거리가 될 거야. 포마드를 싫어하지 않는 척하고 있는 게 상책이지.'

하지만 홍당무가 체념한 나머지 예사로 생각하고 있었는데도 불구하고 머리카락이 대신 앙갚음을 해주었다.

포마드 때문에 머리카락은 잠시 죽은 듯이 누워 있었다. 그러나 얼마 안 가서 끈끈한 기름기를 슬슬 밀어젖히고 빤질빤질한 골을 파기 시작하더니, 결국 머리카락 전체에 금이 가서 여러 갈래로 갈라지고 말았다. 마치 초가 지붕에 얼음이 녹아 내린 듯했다.

그러다가 얼마 안 가서 첫째 다발이 벌떡 일어섰다. 꼿꼿하고 자유롭게!

수영

이제 곧 4시가 되려고 하자 홍당무는 안절부절못하고 마당의 개암 나무 밑에서 자고 있는 아버지와 형 펠릭스를 깨웠다.

"가는 거지요?"

홍당무가 물었다.

펠릭스 : 응, 가자. 수영 팬티 좀 갖고 와.

르피크 씨 : 아직 더워서 못 견딜 거야, 틀림없이.

펠릭스 : 나는 해가 쨍쨍 내리쬐는 편이 좋아요.

홍당무 : 그리고 아빠도 여기보다는 강가가 기분이 좋을 거예요. 풀밭 에 누워계세요.

르피크 씨 : 먼저 걸어라, 천천히. 더위 먹으면 곤란하니까.

그러나 홍당무는 걸음을 늦추는 것이 힘들었다. 빨리 걷고 싶어서 다리가 근질근질했다. 홍당무가 어깨에 걸치고 있는 것은, 무늬 없는 수수한 자신의 수영 팬티와 형 펠릭스의 화려한 수영 팬티다. 홍당무는 신나는 얼굴로 혼자서 지껄이기도 하고 노래도 불렀다. 또 나무에 올라가 공중에서 헤엄치는 흉내를 내고는 형 펠릭스에게 말했다.

"물에 들어가면 기분이 좋을 거야. 실컷 헤엄쳐야지."

"건방진 소리 하지 마."

물에 대해 잘 알고 있는 펠릭스가 깔보듯이 말했다.

사실이 그랬다. 홍당무는 갑자기 입을 다물고 조용해졌다.

맨 먼저 도착한 홍당무가 나지막한 돌담을 사뿐히 뛰어넘는 순간이었다. 모습을 드러낸 강물이 눈앞에서 유유히 흐르고 있었다. 홍당무는 쓸데없이 떠들어댈 기분이 사라지고 말았다.

햇빛이 물 위에 반사되어 보석같이 차갑게 빛나고 있었다. 그리고 마치 톱니를 맞물린 것 같은 소리를 내며 출렁이고, 김 빠진 냄새를 풍기고 있었다.

저 강물로 뛰어드는 것이다. 그리고 아버지가 시계를 보면서 시간을 재고 있는 동안, 강물 속에서 헤엄치고 있어야 한다. 홍당무는 갑자기 오싹해졌다. 어떻게든 이번에는 해내고야 말겠다고 용기를 내보지만, 막상 닥치고 보면 언제나 그 기세가 꺾이고 만다. 멀리서 자기를 끌어당기고 있는 강물을 보니 겁이 나서 오금을 펴지 못할 지경이었다.

홍당무는 좀 떨어진 곳에서 옷을 벗기 시작했다. 발과 깡마른 몸을 모두에게 보이는 것도 싫었지만, 그보다도 아무도 의식하지 않고 혼자서 마음껏 떨고 싶었다.

홍당무는 입고 있던 옷을 하나하나 벗어 줄 위에 차곡차곡 챙겨놓았다. 구두끈도 풀었다가는 다시 매고, 풀었다가는 다시 매고 하면서 좀처럼 벗지 않았다.

수영 팬티를 입었다. 그리고 짧은 셔츠를 벗었다. 그러나 봉지 속에서 진득진득해진 사과나 과자처럼 온몸이 땀에 젖었으므로 잠시 기다렸다.

펠릭스는 벌써 강물로 뛰어들어 신나게 놀고 있었다. 팔을 휘저어물을 힘껏 치기도 하고 발꿈치로 물을 쳐서 물방울을 튀기기도 했다. 그리고 강물 한가운데 우뚝 서서 굽이치는 파도를 강가 쪽으로 몰기도 했다.

"홍당무, 너는 벌써 포기했니?"

르피크 씨가 물었다.

"몸을 말리고 있어요."

홍당무가 대답했다.

이윽고 홍당무도 결심을 하고 강가에 앉아 엄지발가락을 물에 담가보았다. 구두가 너무 작아서 엄지발가락이 찌그러져 있었다. 홍당무는 위(胃)를 쓸어내려 보았다. 틀림없이 먹은 것이 아직 내려가지 않았을 것이다.

이윽고 그는 나무 뿌리를 따라 몸을 미끄러뜨렸다. 그 바람에 종아리와 허벅지와 엉덩이가 나무 뿌리에 긁혔다. 배까지 물이 차자 홍당무는 얼른 강가로 올라와서 도망치려고 했다. 물에 젖은 끈이 팽이에 감기듯 몸에 착착 감기는 것 같은 기분이 들었다. 그런데 그때 몸을 지탱하고 있던 흙더미가 무너졌다. 홍당무는 물 속으로 미끄러져 한참 동안 버둥거리다가 간신히 일어섰다. 기침을 하고 침을 뱉었지만, 숨이 막히고 눈앞이 흐려지면서 머리가 뻐근했다.

"물 속에 잠기는 건 잘하는구나."

르피크 씨가 홍당무를 칭찬했다.

"네, 하지만 별로 좋아하지는 않아요. 귓속에 물이 들어가고, 틀림없이 머리도 아플 거예요."

홍당무는 헤엄치는 연습을 할 수 있는 장소, 즉 모래에 무릎을 짚고 걸으면서 팔을 움직일 수 있는 곳을 찾았다.

"너무 서두르는 것 같구나."

르피크 씨가 홍당무에게 주의를 주었다.

"주먹을 쥔 채 휘둘러선 안 돼. 그렇게 하면 머리카락을 쥐어뜯는 것 같아. 발을 써라, 발을! 통 움직이지 않고 있잖아."

"발을 안 쓰고 헤엄치려니까 너무 어려워요."

홍당무가 대답했다.

그런데 홍당무가 열심히 연습하고 있으면, 펠릭스가 쉴새없이 훼방을 놓았다.

"홍당무, 이리 와. 더 깊은 데가 있어. 이것 봐. 발이 닿지 않고 가라

않지? 자, 자세히 보라니까. 내가 보이지? 하지만 곧 안 보이게 될 거야. 자, 이제 저기 버드나무 쪽으로 가봐. 거기서 움직이면 안 돼. 열 번 물장구를 치는 동안에 틀림없이 네 옆으로 갈 테니까."

"내가 셀게."

홍당무가 덜덜 떨면서 말했다. 그는 어깨를 물 밖으로 내놓고 마치 말뚝처럼 꼼짝도 하지 않았다.

홍당무는 헤엄치려고 다시 몸을 굽혔다. 그런데 펠릭스는 동생의 어깨에 올라가서 거꾸로 다이빙!

"이제 네 차례야. 내 등에 올라가."

"나 혼자 연습하고 있으니까 내버려둬."

홍당무가 말했다.

"이제 그만!"

르피크 씨가 큰소리로 말했다.

"물 속에서 나오너라. 둘 다 럼주를 한 모금씩 마시렴."

"벌써 나가야 하나요?"

홍당무가 물었다.

그는 나가고 싶지 않았다. 아직 실컷 헤엄쳐보지도 못했는데…….
이제는 물이 무섭지 않았다. 아까는 납덩이처럼 물 속으로 가라앉았지만, 지금은 날개가 달린 것 같은 기세로 물 속을 돌아다닐 수 있을 것 같았다. 위험 같은 건 아랑곳없었다. 누군가를 구조하기 위해서는 목숨을 내던져도 상관없다는 각오였다. 시키지도 않았는데 홍당무는 물 속에 잠겨서 물에 빠진 사람들의 고통을 몸소 경험해 보려고 했던 것이다.

"빨리 나와!"

르피크 씨가 외쳤다.

"빨리 안 나오면 펠릭스 형이 럼주를 다 마셔버린다."

럼주를 좋아하지는 않았지만, 홍당무는 이렇게 말했다.

"내 몫은 누구한테도 안 줄래."

그리고 마치 고참병처럼 꿀꺽꿀꺽 럼주를 들이켰다.

르피크 씨 : 잘 씻지 않았구나. 아직 복숭아뼈에 때가 그대로 있는데?

홍당무 : 아빠, 이건 진흙이에요.

르피크 씨 : 아니, 때야.

홍당무 : 다시 물에 들어가서 씻고 올까요, 아빠?

르피크 씨 : 내일 씻어라. 또 올 테니까.

홍당무 : 좋아요! 내일도 날씨가 좋아야 할 텐데.

홍당무는 젖지 않은 수건의 끝 쪽을 골라서 손가락에 감고 몸을 닦았다. 끝 쪽만은 형 펠릭스가 적시지 않았던 것이다.

홍당무는 너무 피곤해서 머리가 띵하고 목이 칼칼했지만, 즐겁게 떠들어댔다. 형과 아버지가 구두가 작아서 찌그러진 홍당무의 발가락을 보고 농담을 했기 때문이다.

오노린

르피크 부인 : 이제 몇 살이 되었지요, 오노린?

오노린 : 이번 만성절(하늘나라에 있는 모든 성인〔聖人〕을 추모하기 위한 축제일로, 10월 1일)을 맞아 예순일곱이 되었답니다, 마님.

르피크 부인 : 많이 먹었군요.

오노린 : 하지만 괜찮아요. 이렇게 일할 수 있는걸요. 한번도 병을 앓은 적이 없습니다. 말도 저처럼 튼튼하지는 못할 거예요.

르피크 부인 : 그렇다면 한마디만 하겠어요, 오노린. 당신은 틀림없이 갑작스럽게 죽을지도 몰라요. 저녁때 강에서 돌아올 때 등에 진 바구니가 무거워서 어깨가 무너지는 듯하거나, 손수레가 다른 때보다 무겁게 느껴질 거예요. 그리고는 틀림없이 손잡이 사이에 무릎을 꿇고, 젖은 빨래 위에 얼굴을 처박고 쓰러질 거예요. 사람들이 곧 달려가서 일으켜

보면 벌써 숨이 끊어져버렸겠지요.

오노린 : 불길한 소리는 그만하세요, 마님. 걱정 마세요. 다리며 팔이며 아직 멀쩡하니까요.

르피크 부인 : 등이 조금 굽었군요. 정말이에요. 하긴 등이 굽으면 빨래할 때 허리가 편해서 좋을 거예요. 그렇지만 눈이 잘 안 보인다면 곤란한데요! 그렇지 않다는 말은 못하겠지요, 오노린? 얼마 전부터 나는 눈치채고 있었어요.

오노린 : 천만의 말씀! 갓 시집왔을 때와 마찬가지로 똑똑하게 잘 보인답니다.

르피크 부인 : 좋아요! 그렇다면 찬장을 열고 접시를 하나 꺼내 와요. 어떤 것이라도 상관없어요. 말끔히 행주질을 했다면 이 얼룩은 어째서 생겼을까요?

오노린 : 찬장에 습기가 있습니다.

르피크 부인 : 찬장 속에 접시 위를 산책하는 손가락이라도 있다는 말인가요? 이 자국을 봐요.

오노린 : 도대체 어디 말입니까? 저는 아무것도 안 보이는데요.

르피크 부인 : 그러니 딱할 수밖에요, 오노린. 아무튼 잘 들어봐요. 당신이 꾀를 부린다고는 말하지 않겠어요. 그런 말을 한다면 잘못이니까요. 이 고장에서 당신만큼 열심히 일하는 여자는 없을 거예요. 다만 당신은 나이가 너무 많아요. 우리는 모두 늙었어요. 열심히 일하겠다는 생각만으로는 안 되지요. 때로는 당신의 눈에 헝겊이 가려진 것처럼 느껴질 때가 있을 거예요. 아무리 비벼봤자 헛일이에요. 그 헝겊은 떼어

버릴 수가 없는 거니까요.

오노린 : 하지만 저는 언제나 눈을 크게 뜨고 있습니다. 물통 속에 머리를 처박은 것처럼 뿌옇게 보이는 일은 없습니다.

르피크 부인 : 그렇지 않아요, 오노린. 내 말이 틀림없어요. 어제만 해도 주인 어른한테 더러운 컵을 내드렸잖아요. 나는 아무 말도 하지 않았어요. 공연히 말썽을 일으켜서 당신을 슬프게 만들고 싶지 않았으니까. 주인 어른도 아무 말씀 안 하셨지요. 그이는 언제나 말이 없지만 모든 것을 다 알고 계세요. 무관심한 사람처럼 보이지만, 천만의 말씀이에요. 온갖 일들을 가만히 보고 있다가 정확하게 머릿속에 새겨놓고 있어요. 그저 손가락으로 그 컵을 밀어냈을 뿐, 꾹 참고 아무것도 마시지 않은 채 식사를 끝내셨지요. 나는 당신과 주인 어른 모두에게 민망스러웠어요.

오노린 : 주인 어른께서 하녀한테 체면을 차리시다니, 정말 놀랐습니다! 그렇게 말씀하셨으면 당장 컵을 바꿔드렸을 텐데!

르피크 부인 : 하지만 오노린, 당신보다 훨씬 더 빈틈없는 여자라도 주인 어른의 입을 열게 하진 못해요. 입을 봉해 두자고 각오하고 계시니까. 나도 이젠 단념했어요. 하지만 지금 이야기하고 있는 건 그런 게 아니에요. 간단하게 말하자면 당신의 눈은 날마다 조금씩 어두워져 가고 있어요. 허드렛일이나 빨래 같으면 몰라도 꼼꼼한 일은 이제 당신에게 맞지 않아요. 돈이 더 들겠지만, 당신을 도울 사람을 하나 구해 보고 싶은데…….

오노린 : 매사에 걸리적거리기나 하는 여자와 함께 일할 수는 없습니

다, 마님.

르피크 부인 : 내가 말하고 싶은 게 바로 그거예요. 그러면 어떻게 하는 것이 좋을까? 어쩌면 좋겠어요?

오노린 : 죽는 날까지, 지금까지처럼 훌륭하게 해나갈 수 있습니다, 마님.

르피크 부인 : 죽는 날까지라고요? 그렇게 생각하고 있나요, 오노린? 당신은 우리들의 장례를 치러주게 될 것이며, 또 그렇게 되기를 바라고 있는 모양인데, 당신이 먼저 죽는다는 건 생각해 보지 않았나요?

오노린 : 행주질을 조금 잘못했다고 해서 설마 저를 내보내실 작정은 아니시겠지요? 저를 내쫓지 않는 한 댁에서 나가지 않겠어요. 그리고 일단 쫓겨나면 전 길바닥에서 죽을 겁니다.

르피크 부인 : 누가 내보낸다고 했나요, 오노린? 얼굴이 빨개졌군요. 우리는 지금 의논을 하고 있는 건데, 당신은 엉뚱한 말을 하며 화를 내다니…….

오노린 : 어떻게 할지 그걸 누가 알겠습니까?

르피크 부인 : 그럼 나더러 어떻게 하라는 말인가요? 당신 눈이 나빠진 것은, 당신 탓도 내 탓도 아니잖아요. 의사에게 치료를 받으면 고칠 수 있겠지요. 하지만 딱한 것은 당신 쪽인가요, 아니면 내 쪽인가요? 당신은 눈병을 앓고 있다는 것은 전혀 생각지도 않지요. 그 때문에 우리 식구는 모두 애를 먹고 있는데, 여러 가지로 딱한 일이 생겨서는 안 되니까, 나는 인정상 이런 말을 하는 거예요. 나에게도 사태를 온당하게 판단하고 이야기할 권리는 있다고 생각했기 때문에…….

오노린 : 무슨 말씀이건 하세요. 좋도록 처리하세요, 마님. 아까 같아서는 당장 거리로 내쫓긴 듯한 기분이었어요. 하지만 마님 이야기를 듣고 마음이 놓였습니다. 저도 이제부터는 접시 닦을 때 조심하겠습니다. 약속하겠어요.

르피크 부인 : 그 밖에 할말은 없어요. 나는 이래봬도 소문보다는 훨씬 좋은 사람이에요. 오노린, 당신 쪽에서 나가겠다고 하지 않는 한 내보내진 않겠어요.

오노린 : 그럴 때는 마님, 아무 말씀 안 하셔도 됩니다. 지금은 일할 수 있다고 생각하고 있기 때문에 만일 마님이 내쫓으신다면, 이럴 수가 있느냐고 큰소리로 고발하겠습니다. 하지만 나 자신이 남에게 짐이 되고, 냄비의 물조차 끓일 수 없게 된 것을 알게 되면 두말 없이 나가겠습니다. 누가 말하지 않더라도 제 발로 나가겠습니다.

르피크 부인 : 잊지 말아요, 오노린. 언제라도 우리 집을 찾아오면 남은 수프쯤은 나눠줄 수 있다는 것을 말이에요.

오노린 : 아뇨, 마님. 수프 같은 것은 바라지도 않습니다. 빵만으로도 좋습니다. 마이에트 할멈은 빵밖에 먹을 수 없게 되고 나서부터 좀처럼 죽을 것 같지 않거든요.

르피크 부인 : 당신도 알고 있나요, 그 할멈을? 나이가 아무리 못 되어도 백 살은 된 것 같더군요. 또 이런 사실도 알고 있나요, 오노린? 거지가 우리보다 행복하다는 것을. 내 말이 틀림없어요.

오노린 : 마님 말씀이시니 저도 그렇게 생각하겠습니다.

냄비

홍당무에게는 가족에게 도움이 되는 기회가 좀처럼 돌아오지 않았다. 그는 한쪽 구석에 쪼그리고 앉아서 재빨리 그 기회를 잡으려고 기다리고 있었다. 누구의 편도 들지 않고 가만히 귀를 기울이고 있다가, 막상 기회가 왔을 때 곧 구석에서 뛰어나갈 수 있도록. 그러면 감정이 격해져 있는 가족들 가운데 오직 혼자 냉정함을 유지하고 신중하게 일을 처리할 수 있게 되는 것이다.

홍당무는 어머니가 눈치 빠르고 착실한 조수를 원한다는 것을 알고 있었다. 그러나 어머니는 자존심이 강하기 때문에 그런 말을 입 밖에 낼 리 없었다. 따라서 계약은 비밀리에 이루어져야 했다. 홍당무는 누구의 칭찬이나 대가를 바라지 않고 무조건 일해야만 했다. 그는 이미 그럴 결심을 하고 있었다.

난로 위의 삼발이에는 아침부터 밤까지 냄비가 하나 올려져 있었다. 겨울에는 뜨거운 물이 많이 필요했기 때문에 몇 차례나 이 냄비에 물을 가득 부었다가 펄펄 끓으면 퍼냈던 것이다. 냄비는 활활 타오르는 불 위에서 펄펄 끓고 있었다.

여름에는 이 뜨거운 물을 설거지할 때 썼다. 그 밖에는 달리 필요가 없어 그저 끓이기만 했다. 끊임없이 나직한 휘파람 같은 소리를 내며, 낡아빠진 냄비 밑바닥 아래에서는 다 꺼져가는 장작 두 개비가 연기를 피우고 있었다.

가끔 휘파람 소리가 들리지 않으면 오노린은 몸을 굽히고 귀를 기울이곤 했다.

"다 졸았군."

오노린이 말했다.

그녀는 냄비에 물통의 물을 가득 부은 다음 장작 두 개비를 겹쳐서 재를 휘저었다. 그러면 이내 그 기분좋은 노래가 시작되고, 잠시 후 오노린은 다른 볼일을 보러 간다.

오노린은 르피크 부인에게 이런 말을 들을지도 모른다.

"오노린, 필요도 없는 물은 왜 끓이죠? 냄비를 내려놓고 불을 꺼 버려요. 거저 생긴 것처럼 장작을 태우고 있군요. 추워지면 뼛속까지 싸늘하게 지내는 사람이 많이 있어요. 당신은 알뜰한 사람인데 이상하군요."

그러나 그런 말을 들어도 오노린은 싫다고 머리를 저을 것이다.

그녀는 일년 내내 삼발이에 냄비가 올려져 있는 것을 보아왔고, 뜨거운 물이 펄펄 끓는 소리를 들어왔다.

냄비의 물이 다 졸아들면 비가 오거나 바람이 불거나 해가 쨍쨍 내리쬐거나 오노린은 어김없이 냄비에 물을 가득 부었다.

그러므로 이제는 손을 대보거나 들여다볼 필요도 없었다. 보지 않아도 환히 알고 있었다. 냄비 소리에 귀를 기울여서 물 끓는 노랫소리가 들리지 않으면 냄비에 물통의 물을 부었다. 마치 구슬에 실을 꿰듯 아주 능란하여 지금까지 한 번도 실수한 적이 없었다.

그런데 오늘 오노린은 처음으로 실수를 저질렀다.

물이 모두 불 속으로 쏟아졌기 때문에 무럭무럭 솟아오르는 구름 같은 재가, 마치 훼방을 받아서 화가 난 짐승처럼 오노린에게 덤벼들었다. 그리고 그녀의 몸을 둘러싸서 질식시키고는 화상을 입혔다.

깜짝 놀라 뒤로 물러선 오노린은 비명을 지르고 재채기를 하며 침을 뱉었다.

"아이고, 나 죽겠네! 땅 속에서 악마가 튀어나온 줄 알았지."

오노린은 눈이 따끔따끔 아팠지만, 시커멓게 더러워진 손을 뻗어 불이 꺼진 난로 속을 휘저었다.

"아니! 냄비가 없어졌잖아."

오노린이 깜짝 놀라서 말했다.

"정말 이상한 일이로군. 아까까지는 있었는데. 그렇고말고, 갈대 피리처럼 삐삐 소리를 내고 있었는데……."

그녀가 등을 돌리고 야채 찌꺼기투성이인 앞치마를 창 밖으로 털고 있는 사이에 누군가가 냄비를 치운 것이 틀림없었다.

하지만 도대체 누굴까?

르피크 부인이 정색을 하고 침착한 얼굴로 침실의 구두 닦는 매트 위에 나타났다.

"몹시 시끄럽군요, 오노린!"

"몹시 시끄럽다고요?"

오노린이 큰소리로 말했다.

"나는 정말 어처구니없는 일을 당했습니다. 하마터면 불에 타 죽을 뻔했지요. 보세요, 내 슬리퍼며 치마며 손을. 윗도리는 흙투성이고, 주머니 속에는 숯 조각이 몇 개나 들어 있잖아요."

르피크 부인 : 내가 보고 있는 건 난로에서 더러운 물이 줄줄 흐르고 있는 거예요. 오노린, 깨끗이 치워요.

오노린 : 누가 내 냄비를 한마디 말도 없이 가지고 갔을까요? 마님이 가져가셨죠?

르피크 부인 : 오노린, 그 냄비는 이 집 식구 모두의 것이에요. 그런데도 나나 주인 어른 또는 아이들이 냄비를 쓸 때 일일이 당신한테 물어보아야 할 필요가 있단 말인가요?

오노린 : 전 지금 욕을 할지도 몰라요. 무척 화가 나 있으니까요.

르피크 부인 : 우리한테 말인가요, 아니면 오노린 자신한테 말인가요? 자, 어느 쪽이죠? 호기심으로 묻는 것이 아니라, 난 그걸 알고 싶은데.

기가 차군요. 냄비가 없어졌다고 불에다 물통의 물을 퍼붓다니. 그러고도 자기 잘못은 제쳐놓고 고집을 부리며 다른 사람, 아니 내 탓으로 돌리려 드니 당신이 하는 짓은 너무 한심하군요, 정말!

오노린 : 홍당무 도련님, 내 냄비 어디 있는지 알아요?

르피크 부인 : 그 애가 뭘 알아요? 그 애한테는 책임 없어요. 당신 냄비라는 말은 그만해요. 그보다도 어제 한 말을 생각해 보세요. "냄비의 물조차 끓이지 못한다는 것을 알게 되면 누가 뭐라고 말하지 않더라도 스스로 나가겠습니다."라고 말했지요? 당신 눈이 나쁘다는 것은 분명히 알고 있었어요. 하지만 이토록 형편없는 줄은 미처 몰랐군요. 더 이상 아무 말도 하지 않겠어요, 오노린. 입장을 바꿔놓고 생각해 봐요. 나 못지않게 사정을 잘 알고 있을 테니까, 잘 생각해서 결단을 내려요. 아아, 조금도 꺼릴 것 없어요. 울 테면 울어요. 울 만한 일이니까.

시치미

"엄마! 오노린!"

"......."

홍당무는 또 어쩌겠다는 것인가? 그는 모든 것을 망쳐놓을 것만 같았다. 그러나 다행히도 르피크 부인의 싸늘한 눈과 마주치자 홍당무는 굳게 입을 다물고 말았다.

오노린에게 이렇게 말해 보아야 무슨 소용이 있겠는가.

"나야, 그 냄비를 가져간 것은 나야, 오노린!"

무슨 짓을 해도 이 할머니를 구할 수는 없다. 그녀는 벌써 눈이 안 보인다. 어쨌든 눈이 보이지 않는 것이다. 가엾은 할머니. 그러므로 언젠가는 오노린도 물러나야만 할 것이다. 지금 홍당무가 진실을 고백한다 해도 그것은 그녀를 더욱 괴롭힐 뿐이다. 이제 그만두고 이 집을 나가는 것이 좋을 것이다. 그리고 홍당무가 범인이라는 사실을 아예 모르는 채, 오직 피할 길 없는 불행을 만났다고 생각하는 편이 오히려 행복할 것이다.

그리고 또 르피크 부인에게 이런 말을 한들 무슨 소용이 있을까.

"엄마, 내가 그랬어요!"

큰 공이라도 세운 듯 자랑스럽게 고백하고는 칭찬하며 웃는 얼굴을 기대해 본들 또 무슨 소용이 있을까? 자칫하면 엉뚱한 꼴을 당할 염려가 있었다. 르피크 부인이 여러 사람 앞에서 거짓말을 하라고 명령할 게 뻔했기 때문이다. 그런 짓을 하기보다는 자기 일만 하고 있는 편이 현명할 것이다. 아니, 르피크 부인과 오노린이 냄비 찾는 걸 거드는 척하는 편이 훨씬 더 현명한 일일 것이다.

그래서 잠시 세 사람이 냄비를 찾을 때 가장 성의가 있어 보인 것은 홍당무였다. 르피크 부인은 아무래도 상관없는지라 맨 먼저 단념하고 말았다. 오노린도 이내 단념하고 혼자 중얼거리면서 어디론가 가버렸다.

그리고 잠시 뒤, 양심의 가책 때문에 자칫 화를 자초할 뻔했던 홍당무는 재빨리 자기 껍질 속으로 되돌아갔다. 마치 사용할 필요가 없게 된 정의의 칼날이 칼집으로 쏙 들어가듯이.

아가트

오노린 대신 들어온 하녀는 소녀 아가트였다.

신기한 듯이 홍당무는 새로 온 이 아가씨를 유심히 관찰했다. 르피크 씨네 가족의 관심은 2, 3일 동안 홍당무를 떠나 그 아가씨 쪽으로 옮겨갈 것 같았다.

"아가트, 방에 들어올 때는 문을 두드려야 해요. 그렇다고 망아지 같은 힘으로 주먹을 휘둘러서 문을 부수라는 말은 아니야."

르피크 부인이 말했다.

'또 시작이로군. 점심 식사 때가 되면 볼 만하겠지.' 하고 홍당무는 생각했다.

모두들 커다란 부엌에서 식사를 했다. 아가트는 팔에 냅킨을 걸고 아궁이에서 찬장으로, 찬장에서 식탁으로 언제라도 달려갈 준비를 하고 있었다. 조용히 걷는다는 것은 이 아가씨에게는 아예 어울리지 않는 일이다. 그녀는 볼을 빨갛게 물들이고는 헐레벌떡 달리기를 좋아하였다. 게다가 말이 너무 빠르고 웃는 소리도 너무 컸다. 무엇을 하건 지나치게 열중하는 것이었다.

르피크 씨가 맨 먼저 자리에 앉았다. 냅킨을 펴고, 앞에 있는 요리 접시 쪽으로 자기 접시를 내밀어 고기를 덜고 소스를 친 다음 그 접시를 자기 앞으로 당겼다. 그리고 손수 포도주를 따랐다.

르피크 씨는 어깨를 새우등처럼 굽히고 눈을 내리깐 채 여느 때처럼 조금씩, 무엇을 먹고 있는지 알 수 없게 먹었다. 그는 다음 요리가 나올 때까지 의자에 앉은 채 몸을 뒤로 젖히고는 엉덩이를 천천히 움직였다.

아이들 몫은 르피크 부인이 담아주었다. 우선 펠릭스부터. 그의 뱃속에서 꼬르륵 소리가 나고 있기 때문이다. 다음은 에르네스틴. 큰딸이기 때문이다. 마지막으로 홍당무. 그는 식탁 맨 끝에 앉아 있었다.

홍당무는 절대로 더 달라고 조르지 않았다. 마치 더는 못 먹도록 정해져 있는 것 같았다.

한 그릇으로 만족해야 하기 때문이다. 하지만 "좀더 줄까?" 하고 물으면 더 받았다. 홍당무는 포도주는 마시지 않고 싫증나는 빵으로 배를 채웠다. 집안에서 단 한 사람, 빵을 좋아하는 르피크 부인의 비위를 맞추기 위해서였다.

펠릭스와 에르네스틴은 훨씬 더 자유로이 행동할 수 있었다. 더 먹고 싶으면, 르피크 씨가 하듯이 자기 접시를 요리 접시 쪽으로 가지고 가서 더 담아왔다.

하지만 식사를 할 때는 아무도 입을 열지 않았다.

'도대체 이분들은 어떻게 된 것일까?

이상스러울 것도 없었다. 그냥 그렇게 되어 있는 것이다. 다만 그런 것뿐이다. 아가트는 누구 앞에서나 두 팔을 허리에 얹은 채 하품을 참지 못했다.

르피크 씨는 유리 조각이라도 씹듯이 천천히 식사를 했다. 평소 르피크 부인은 까치보다도 더 수다스럽지만, 식사 때만은 손짓과 표정만으로 신호를 하면서 이것저것 시켰다.

에르네스틴은 눈길을 천장에 보내고 있었다. 그리고 펠릭스는 손가락으로 빵 조각을 주무르고 있었다.

홍당무는 포도주를 사양했기 때문에 굶주린 듯이 너무 빨리 접시의 요리를 혓바닥으로 핥듯이 깨끗하게 먹어치워도 안 되고, 그렇다고 꾸물거려도 안 되었으므로 거기에만 온 신경을 쏟고 있었다.

그때 갑자기 르피크 씨가 일어서서 주전자에 물을 담으러 갔다.

"제가 하겠어요."

아가트가 말했다. 아니 좀더 정확하게 말하면, 그렇게 말한 것이 아니라 다만 속으로 생각했을 뿐이었다.

순간 모두가 어색한 기분이 되고 말았다. 아가트의 혀는 묵직해져 입을 열 기운도 없었다. 하지만 그녀는 잘못이 자기한테 있다고 생각했으므로 더욱 조심했다.

르피크 씨가 빵을 거의 다 먹어가고 있었다. 이제야말로 선수를 빼앗겨서는 안 될 것이다. 거기에 너무 열중한 나머지 아가트는 르피크 씨의 일거수일투족만 지켜보고 있었다. 그 바람에 다른 가족들에게는 관심을 쏟지 못했다.

이윽고 르피크 부인이 쌀쌀맞게 말했다.

"아가트, 네 몸에서 나뭇가지라도 생기는 게 아니냐?"

"네, 마님. 무슨 분부라도 있으신가요?"

르피크 부인이 주의를 주자 아가트는 다른 식구들에게도 관심을 돌렸지만, 시선만은 르피크 씨한테서 떼지 않았다.

그녀는 자신이 눈치가 빠르다는 사실을 주인 어른에게 보여줌으로써 유능한 하녀임을 인정받고 싶었던 것이다.

드디어 기회가 왔다!

르피크 씨는 마지막 남은 빵 한 조각을 먹기 시작했다. 이때다 하고 찬장으로 뛰어간 아가트는 3킬로그램이나 되는, 칼로 자르지도 않은 바퀴 모양의 왕관 빵을 가지고 와서 르피크 씨 앞에 냉큼 내놓았다. 그녀는 주인이 필요로 하는 물건을 미리 눈치챘다는 생각에 기뻐서 어쩔 줄을 몰라했다.

하지만 르피크 씨는 냅킨을 접고 식탁에서 일어섰다. 그리고 모자를 쓰더니 담배를 피우러 뜰로 나갔다.

르피크 씨는 더는 먹지 않는 편이었다.

아가트는 3킬로그램짜리 커다란 바퀴 모양의 빵을 안고 그 자리에 마네킹처럼 서 있었다. 바퀴 만드는 회사의 선전용 인형과 똑같은 모습으로.

예정표

"어때, 놀랐지?"

부엌에 아가트와 단둘이 남게 되자 홍당무가 말했다.

"하지만 낙심하면 안 돼. 이런 일은 늘 있는 거니까……. 그런데 병을 여러 개 가지고 어딜 가는 거지?"

"헛간에요, 홍당무 도련님."

홍당무 : 잠깐 기다려. 헛간에는 내가 갈게. 계단이 낡아서 여자는 미끄러져 목이 부러지게 될지도 몰라. 하지만 나는 용케 그 계단을 잘 내려가기 때문에, 전부터 헛간에 볼일이 있으면 내가 맡아서 하기로 했어. 나는 그 안에서 빨간 딱지와 파란 딱지를 분간할 수도 있거든.

헌 술통을 팔면 약간의 돈이 생기게 돼. 토끼 가죽도 마찬가지야. 돈은 엄마한테 맡겨놓지. 그러니까 잘 짜놓자. 서로의 일에 방해가 되지 않도록 말이야.

아침에 나는 개집 문을 열고 개에게 수프를 주지. 저녁때도 역시 내가 휘파람을 불어서 자러 오게 하고. 한눈을 파느라 좀처럼 안 돌아올 때는 기다리고 있어야 해.

그리고 나서 엄마와의 약속에 의해 닭장 문은 언제나 내가 잠그게 되어 있어.

풀을 뽑는 일도 내가 해. 풀 종류를 잘 알아야 하거든. 풀에 묻어 있는 흙은 떨어버리고 풀을 뽑은 구멍은 메워놓아야 해. 그리고 뽑은 풀은 가축에게 먹이는 거야.

운동 삼아 아빠를 도와 장작을 패기도 하지.

그리고 아빠가 잡아온 사냥감이 살아 있으면 내가 목을 비틀지. 그러면 너는 에르네스틴 누나와 함께 털을 뽑는 거야.

생선 배도 내가 가르지. 창자를 빼내고 공기 주머니를 발로 밟아서 터뜨리면, 비늘을 벗기고 샘에서 물을 긷는 것은 네가 할 일이야.

실타래를 풀 때도 내가 도와줄게. 커피도 내가 빻아.

아빠가 더러워진 구두를 벗어놓으면 복도로 가지고 가는 것은 나야. 그러나 실내화를 가지고 오는 권리는 에르네스틴 누나가 아무에게도 양보하지 않아. 손수 수를 놓았기 때문이지. 중요한 심부름은 내가 도맡아서 하는 거야. 먼 곳이라든가, 약국이나 의사한테 가는 일도 말이야.

너는 마을로 다니며 간단한 물건을 사기만 하면 돼.

하지만 날씨가 어떻든 매일 두세 시간은 강에 가서 빨래를 해야 해. 네가 하는 일 중에서 그게 가장 힘들 거야. 딱하긴 하지만 그것만은 나로서도 어쩔 수가 없어.

하지만 틈이 나면 가끔 거들어줄게. 울타리 위에 빨래를 널 때라든가 말이야.

아참, 그렇지. 주의해 두는데, 빨래는 절대로 과일나무 위에다 말리면 안 돼. 아버지는 잔소리는 하지 않지만 느닷없이 그것을 땅바닥에 냅다 던져버릴지도 모르거든. 하지만 조금이라도 얼룩이 지면 엄마는 다시 빨래하러 보낼 거야.

구두 손질은 네가 해야 해. 사냥용 구두에는 기름을 많이 발라줘. 그렇지만 장화에는 구두약을 살짝 바르는 거야. 그렇지 않으면 장화가 상하거든.

진흙으로 더럽혀진 바지는 별로 신경 안 써도 돼. 아버지는 진흙이 묻어 있는 바지가 더 오래간다고 우기시니까. 아무튼 바지 자락도 걷어올리지 않고 밭 가운데를 마구 걸어다니시거든. 사냥에 따라가서 잡은 것을 가지러 갈 때 나는 바지 자락을 걷어올리고 싶은데 말이야.

그렇게 하면, 아버지는 이렇게 말하는 거야.

"홍당무, 너는 진짜 사냥꾼은 절대로 못 되겠구나."

하지만 엄마는 이렇게 말씀하시지.

"바지를 더럽히기만 해봐라. 귀가 떨어져나갈 줄 알아."

이게 바로 취미의 차이라는 거야. 다시 말해서 모든 걸 너무 슬프게 생각할 필요는 없다는 이야기지. 방학 동안엔 둘이서 일을 나눠서 하자. 하지만 누나와 형과 내가 기숙사로 돌아가면 네 일도 줄어들 거야. 말하자면 일의 양은 언제나 똑같다는 뜻이지.

그리고 네가 정말 진저리나는 사람이라고 생각할 만한 사람은 이 집에 단 하나도 없어. 이웃 사람들한테 물어봐. 모두들 그렇게 말할 테니. 에르네스틴 누나는 천사처럼 상냥하고, 펠릭스 형은 훌륭한 마음씨를 지니고 있어. 아버지는 사리 판단이 분명한 성격이고, 엄마는 보기 드문 요리 전문가야.

가족 가운데 가장 말썽꾸러기는 틀림없이 나일 거야. 나를 어떻게 다룰 것인가 그 요령만 알고 나면 아무것도 아니야. 게다가 나도 모든 일의 이치는 생각할 줄 알거든. 나쁜 점은 고치기도 하지. 거리낌없이 말해 주기만 하면 차츰 좋아질 거야. 만일 조금이라도 그럴 마음이 있다면 우리는 아주 사이좋게 지낼 수 있어.

그리고 이제부터는 '도련님'이라고 부르지 마. 다른 사람들처럼 '홍당무'라고 불러줘. '홍당무 도련님'이라고 부르는 것보다 간단해서 좋잖아. 하지만 너희 할머니 오노린처럼 주책 없이 말을 걸지는 마. 난 늘 오노린이 그렇게 말을 거는 게 질색이었어. 그래서 나는 그녀를 몹시 싫어했었어.

장님

지팡이 끝이 살며시 문짝을 두드린다.

르피크 부인 : 또 무슨 볼일이 있다는 걸까, 저 사람은?

르피크 씨 : 그걸 모르겠나? 여느 때처럼 돈이 필요한 거야. 오늘은 그 사나이가 올 날이잖아. 어서 열어줘.

시무룩해진 르피크 부인이 문을 열더니 장님의 팔을 잡아 냅다 끌어 당겼다. 추웠기 때문이다.

"안녕하십니까. 두 분 모두 계시는군요."

장님이 말했다. 그러고는 앞으로 걸어나왔다. 지팡이가 쥐를 쫓듯이 톡톡 돌 바닥 위를 달리다가 의자에 부딪혔다. 장님은 의자에 걸터앉아 난로 쪽으로 언 손을 내밀었다. 르피크 씨는 은화를 꺼내 들고 말했다.

"받아요!"

그러고는 다시는 거들떠보지도 않고 신문을 계속 읽었다.

홍당무는 은근히 재미있었다. 그는 여느 때처럼 한쪽 구석에 웅크리고 앉아 장님의 나막신을 바라보고 있었다. 나막신에 붙은 눈이 녹아서 벌써 발밑 언저리에 도랑을 이루고 있었던 것이다.

르피크 부인이 그것을 눈치채고 말했다.

"할아버지, 나막신을 이리 줘보세요."

르피크 부인은 나막신을 난롯가로 가지고 갔다. 그러나 바닥에는 이미 물이 홍건히 고여 있었다.

장님은 얼떨떨한 모양이었다. 그는 축축해진 양쪽 발을 번갈아 들어 올렸다. 그래서 진흙투성이의 눈이 여기저기 떨어지고 말았다.

홍당무는 손톱으로 바닥을 긁어 더러운 물을 자기 쪽으로 끌었다. 그러고는 금이 간 돌 바닥 틈새로 흘러내리게 했다.

"돈을 받았으면 됐지 또 뭐가 필요한 거야!"

장님이 들으라는 듯이 르피크 부인이 소리 높여 말했다.

그런데 장님은 아랑곳하지 않고 정치 이야기를 하기 시작했다. 처음에는 조심스럽게 말하다가, 나중에는 아예 마음놓고 떠벌렸다. 그는 말이 막히면 지팡이를 휘둘렀다. 그 바람에 난로의 연통에 주먹이 닿자 당황스러워했다. 그러고는 의심스러운 듯이, 눈물이 마른 적이 없는 하얀 눈을 이리저리 굴렸다.

이따금씩 르피크 씨가 신문을 뒤적이며 맞장구를 쳐주었다.

"그렇겠지요, 티시에 영감. 그럴 거요. 그러나 그게 정말이오?"

"정말이냐고요?"

장님이 외쳤다.

"거참 너무하십니다! 아무튼 들어보세요, 나리. 제가 장님이 된 사연
은 이렇습니다."

"움직이지 않을 작정이구먼."

르피크 부인이 불만스러운 듯 말했다.

과연 장님은 느긋한 기분으로 자기가 당한 재난에 대해 털어놓았다.
그는 마음껏 두 팔을 뻗어 기지개를 켰으며, 몸도 마음도 방안의 따스
한 공기로 확 풀리는 듯했다. 그때까지는 혈관 속에서 얼음 덩어리가
녹아 맴돌고 있었지만, 이제는 풀려서 옷과 손발이 진땀으로 흠뻑 젖
은 것 같았다.

바닥에 질펀하던 물이 점점 홍당무 옆으로 흘러왔다. 홍당무는 신이
났다. 그걸 가지고 장난을 할 수 있게 된 것이다.

그러는 동안에 르피크 부인은 교묘한 꾀를 부렸다. 장님 옆으로 다
니면서 몇 번이나 팔꿈치를 부딪히거나 발등을 밟았다. 장님은 어쩔
수 없이 조금씩 뒷걸음질쳐 끝내는 불기가 미치지 않는 찬장과 옷장
사이에 처박히고 말았다. 장님은 엉거주춤한 자세로 손으로는 연신 더
듬는 시늉을 했다. 손가락이 마치 짐승들의 그것처럼 바닥을 기어다녔

다. 그는 굴뚝 청소라도 하듯이 어둠 속을 더듬었다. 그의 몸은 다시 얼음 덩어리가 되었다. 이윽고 장님은 울먹이는 목소리로 신세 타령을 늘어놓았다.

"그래서 여러분, 이제 모든 것이 끝났습니다. 이젠 눈앞의 것도 볼 수 없으니까요. 제겐 아무것도 없습니다. 남은 것이라고는 아궁이 속처럼 캄캄한 어둠뿐이랍니다."

지팡이가 그의 손에서 떨어졌다. 르피크 부인은 바로 그것을 기다리고 있었던 것이다. 르피크 부인은 얼른 다가가 지팡이를 주워서 장님에게 건네주었다. 그러나 사실은 돌려준 게 아니었다. 장님은 지팡이를 받은 셈이지만, 사실은 받지 않은 것이다.

르피크 부인은 교묘한 속임수로 다시 장님을 움직이게 했다. 나막신을 신게 하고는 조금씩 문 쪽으로 끌고 갔다. 그리고 장님의 살을 꼬집음으로써 조금이나마 앙갚음을 했다.

르피크 부인은 장님을 거리로 밀어냈다. 거리는 솜털 같은 회색 구름으로 덮여 있었다. 바람이 거리로 쫓겨난 개처럼 울부짖으며 휘몰아쳤다.

르피크 부인은 문을 닫기 전에 장님을 향해 이렇게 외쳤다. 마치 귀머거리에게라도 말하듯이.

"또 와요. 아까 준 돈 잃어버리지 말고요. 이번 일요일에요. 날씨가 좋아지고 당신이 그때까지 살아 있다면 말이에요. 정말 그래요! 당신이 말한 그대로예요, 티시에 영감님. 누가 살고 누가 죽을지 아무도 알 수 없거든요. 누구에게나 고통은 있답니다. 하지만 하나님은 우리 모두를 도와주실 거예요!"

설날

눈이 내리고 있다. 설날이 한결 복된 날이 되기 위해선 눈이 내려야 하는 법이다.

르피크 부인은 조심스럽게 안마당으로 통하는 문의 빗장을 걸어두었다. 가난한 집 아이들은 설날에 여러 집을 돌아다니며 인사를 하고 돈이나 과자를 얻는 습관이 있기 때문이다. 르피크 부인은 그들을 맞아들이고 싶지 않았던 것이다.

그러나 개구쟁이들은 벌써 문고리를 흔들어대고 있었다. 문 아래쪽을 툭툭 치기도 했다. 처음에는 조심조심 두드리더니, 나중에는 화가 났는지 나막신으로 걷어찼다. 그들은 끝내 희망이 없다는 것을 깨닫자, 르피크 부인이 바깥 사정을 살피고 있는 창문 쪽으로 다시 눈길을 돌렸다가 뒷걸음질치면서 멀어져갔다. 그리고 그들의 발소리는 눈 속으로 사라져버렸다.

홍당무는 침대에서 뛰어내려 비누도 안 가지고 마당의 여물통으로 세수를 하러 갔다. 여물통은 꽁꽁 얼어 있었다. 얼음을 깨야 했다. 이 한 번의 운동으로 난로의 온기보다도 더 강한 열이 온몸에 퍼졌다. 하지만 홍당무는 얼굴을 적시는 시늉만 하고 말았다. 그는 모두에게 더러운 아이로 낙인찍혀 있었다. 멋을 부렸을 때도 역시 그런 말을 들었다. 그러므로 홍당무는 가장 더러운 곳을 닦아내는 정도로 세수를 마쳤다.

명절 의식에 어울리게 그는 상쾌한 기분으로 의젓하게 형 펠릭스 뒤에 섰다. 펠릭스는 누이동생인 에르네스틴 뒤에 서 있었다. 셋은 주르르 부엌으로 들어갔다. 르피크 부인도 부엌으로 들어오는 참이었으나, 이렇다 할 새삼스러운 기미는 보이지 않았다.

에르네스틴이 부모님에게 키스를 하고 아침 인사를 했다.

"안녕히 주무셨어요, 아빠. 안녕히 주무셨어요, 엄마. 새해 복 많이 받으세요. 올해도 건강하시기를…… 그리고 후세에는 천당에 가시기를……"

펠릭스도 에르네스틴과 똑같은 인사말을 하고는 몹시 빠른 말투로 끝을 맺었다. 그리고 에르네스틴과 마찬가지로 부모님에게 키스를 했다.

그런데 홍당무는 달랐다. 그는 모자 안에서 편지를 한 장 꺼냈다. 봉투에는 '사랑하는 부모님께'라고 쓰여 있었다. 주소는 적혀 있지 않았다. 빛깔이 산뜻한 희한한 새 한 마리가 봉투 한쪽 모서리에서 재빠르게 날아가고 있었다.

홍당무는 그것을 르피크 부인에게 내밀었다. 르피크 부인이 봉투를 뜯었다. 활짝 핀 꽃 그림이 편지를 장식하고 있었다. 편지지 가장자리에 꽃 그림이 레이스처럼 빙 둘러져 있었다. 홍당무의 펜은 몇 번이나 레이스 구멍에 꽂힌 모양이었다. 옆의 글자까지 망가져 있었던 것이다.

르피크 씨 : 그럼 난 아무것도 없는 거냐?

홍당무 : 그건 두 분께 드리는 겁니다. 다 읽으시고 나면 엄마가 아빠한테 넘겨드릴 거예요.

르피크 씨 : 나보다 엄마가 더 좋단 말이구나. 그렇다면 조금 있다 너의 주머니 속을 뒤져보렴. 아마 그 속에는 새 돈이 없을 거다.

홍당무 : 잠깐만 기다리세요, 아빠. 엄마가 곧 다 읽으실 테니까.

르피크 부인 : 문장은 좋지만 글씨가 엉망이라 빨리 못 읽겠구나.

"여기 있어요, 아빠. 이젠 아빠 차례예요."

홍당무는 황급히 말했다.

홍당무는 잔뜩 긴장한 채 아버지의 대답을 기다렸다. 그동안에 르피크 씨는 편지를 읽고 다시 연거푸 읽었다. 르피크 씨는 늘 그렇듯이 오랫동안 뒤적거리면서 '흠! 흠!' 하고 고개를 끄덕였다. 잠시 뒤, 르피크 씨가 편지를 테이블 위에 놓았다.

할 일을 다한 편지는 벌써 아무런 쓸모가 없었다. 이젠 모든 사람의 것이었다. 누구나 보고 만지고 마음대로 할 수 있었다. 에르네스틴과 펠릭스는 번갈아 읽어보고는 맞춤법이 틀린 것을 찾아냈다.

"여기서 틀림없이 펜을 바꾸었을 거야."

"알아보기가 쉬워졌는데."

이런 말을 하고 나서 두 사람은 편지를 홍당무에게 되돌려주었다. 홍당무는 편지를 이리저리 뒤집어보았다. 그는 어색한 웃음을 띠고 이렇게 묻고 싶은 모양이었다.

"누구 읽을 사람 없나?"

홍당무는 결국 편지를 모자 안에 다시 넣었다.

각자에게 선물이 주어졌다. 에르네스틴에게는 자기 키만한, 아니 키보다 훨씬 더 큰 인형을, 펠릭스에게는 전투 준비를 완전히 갖춘 장난감 병정 한 상자를 주었다.

"너한테는 깜짝 놀랄 만한 선물이 준비되어 있단다."

르피크 부인이 홍당무에게 말했다.

홍당무 : 아아, 그렇군!

르피크 부인 : 또 그런 말을 하니? 벌써 알고 있다면 보여줄 필요도 없겠구나.

홍당무 : 내가 그걸 안다면 벼락을 맞아도 좋아요.

홍당무는 자기 말이 틀림없다는 듯 엄숙한 얼굴로 한쪽 손을 높이 들었다. 르피크 부인이 찬장을 열었다. 홍당무는 숨을 죽였다. 그녀는 어깨까지 찬장 속으로 집어넣고는 천천히, 사뭇 거드름을 피우면서 노란 종이에 얹은 빨간 설탕으로 만든 파이프를 꺼냈다.

홍당무는 다소곳한 기쁨으로 얼굴을 빛냈다. 그는 이럴 때 어떻게 해야 하는지 잘 알고 있었다. 그래서 부모님 앞에서 한 대 피워보려고 생각했다. 홍당무는 형 펠릭스와 누나 에르네스틴의 부러워하는 눈초리를 받으면서—어쨌든 사람이란 모든 걸 독차지할 수는 없는 노릇이니까—빨간 설탕으로 만든 파이프를 두 손가락 사이에 끼워 들었다. 그리고 몸을 뒤로 젖히고는 왼쪽으로 머리를 기울였다.

홍당무는 입을 오므리고 두 뺨이 쏙 들어가도록 소리를 내며 힘껏 담배를 빨아들였다. 그러고 나서 하늘까지 닿도록 크게 숨을 내쉬고는 말했다.

"이거 참 좋은데. 연기가 아주 잘 통하는군."

가는 길 오는 길

르피크 씨네 집 도련님들과 아가씨가 방학이 되어 집으로 돌아왔다. 저 멀리 부모님의 모습이 보이자, 역마차에서 뛰어내리며 홍당무는 생각했다.

'여기서부터 두 분을 맞이하러 달려가야 할까?'

홍당무는 망설이고 있었다.

'아직 너무 빨라. 여기서부터 달려가면 숨이 가쁠 거야. 게다가 무슨 일이든 너무 야단스럽게 하면 안 되거든.'

조금 더 가다가 홍당무는 다시 생각했다.

'여기서부터 달릴까? 아니야, 저기서부터 하자……'

그는 스스로에게 이것저것 물어보았다.

'모자는 언제 벗으면 될까? 아빠와 엄마, 어느 분에게 먼저 키스해야 할까?

그러는 사이 형 펠릭스와 누나 에르네스틴이 먼저 달려가서 부모님의 따뜻한 손길을 둘이서 나누어 가지고 말았다. 홍당무가 갔을 때는 부모님의 아무것도 차지할 수가 없었다.

"뭐라고?"

르피크 부인이 말했다.

"나이가 몇인데 아직 아빠라고 부르니? '아버지'라고 부른 다음 똑바로 악수를 하거라. 그러는 것이 남자답다."

르피크 부인은 그렇게 말하고는 홍당무의 이마에 키스해 주었다. 딱한 번만. 홍당무가 빗나가지 않게 하기 위해서.

홍당무는 방학이 되어 집에 돌아오니 너무 기뻤다. 그래서 그만 울어버리고 말았다. 이런 일은 종종 있는 일이었다. 곧잘 마음과는 정반대의 표정을 짓고 마는 것이다.

새 학기가 시작되어 기숙사로 돌아가는 날,(10월 2일 월요일 아침이다. 새 학기는 성령 미사로 시작된다.) 멀리서 역마차의 방울 소리가 들리기 시작하면 르피크 부인은 아이들한테 달려들어 두 팔로 한꺼번에 꼭 껴안았다. 그런데 홍당무만은 그 안에 들어가 있지 않았다. 홍당무는 참을성 있게 자기 차례를 기다리고 있었다. 한쪽 손으로 미리 마차 손잡이 끈을 쥐고는 작별의 인사말도 생각해 두고 있었다.

홍당무는 견딜 수 없이 슬픈 나머지 부르고 싶지 않은 노래를 낮은 소리로 부르고 있었다.

"안녕히, 어머님!"

의젓하게 인사를 하는 홍당무.

"아니."

르피크 부인이 말했다.

"제법 뭐라도 된 것 같구나. 넌 이상한 아이야. 딴 애들처럼 엄마라고 부르기가 거북하니? 이런 아이가 또 어디 있을까? 아직 코흘리개 애송이가 남과는 다르게 굴려고 하다니!"

그러면서도 르피크 부인은 홍당무의 이마에 키스를 해주었다. 딱 한 번만. 홍당무가 빗나가지 않게 하기 위해서.

펜대

르피크 씨는 펠릭스와 홍당무를 생마르크 기숙사에 집어넣었다. 학생들은 이 기숙사에서 중학교에 다니며 수업을 받는다. 그래서 그들은 하루에 두 번 같은 길을 오갔다. 날씨가 좋을 때는 아주 기분이 상쾌하고, 또 비가 와도 거리가 가깝기 때문에 학생들은 비에 젖는 것이 싫지 않고 오히려 즐거운 듯했다. 그래서 이 길은 일년 내내 학생들의 건강에 큰 도움이 되었다.

오늘 아침에도 학생들은 그 길을 천천히 걸으면서 양떼들처럼 학교에서 돌아오고 있었다. 그때 땅을 보고 걷던 홍당무의 귀에 이런 말이 들려왔다.

"홍당무, 저기 좀 봐. 네 아버지다."

르피크 씨는 이런 식으로 갑작스럽게 찾아오는 것을 좋아했다. 편지도 하지 않고 찾아오는 것이었다. 그래서 아이들은 생각지도 않은 때에 건너편 길모퉁이에서 뒷짐을 진 채 입에 담배를 물고 서 있는 아버지의 모습을 보게 된다.

홍당무와 펠릭스는 일행에서 빠져나와 르피크 씨에게 달려갔다.

"정말이야."

홍당무가 말했다.

"설마하니 아빠일 줄은 생각지도 못했어."

"너는 내 얼굴이 보이지 않으면 전혀 내 생각을 안 하는구나."

르피크 씨가 말했다.

홍당무는 뭔가 애정이 담긴 대답을 하고 싶었다. 그러나 아무 말도 생각나지 않았다. 그만큼 가슴이 뿌듯했던 것이다. 홍당무는 발뒤꿈치를 들고 아버지한테 키스하려고 했다. 그의 입술이 르피크 씨의 수염에 닿았다. 그런데 르피크 씨는 마치 도망이라도 치듯이 홱 머리를 뒤로 젖혀버렸다. 그리고 다시 앞으로 몸을 굽히기는 했으나, 이내 뒷걸음질쳤다. 르피크 씨의 볼을 노리고 있던 홍당무의 입술은 아버지의 콧등을 스쳤을 뿐 허공에다 키스한 꼴이 되고 말았다. 홍당무는 키스를 꼭 해야겠다는 생각이 사라지고 말았다. 그 대신 어리둥절해져서 어째서 이런 대접을 받게 됐는지 심각하게 생각해 보았다.

'아빠는 이제 나를 사랑하지 않나 봐. 나는 보았어. 아빠는 펠릭스 형한테는 키스했잖아. 뒷걸음질도 안 치고. 그런데 왜 나는 피하는 거야. 나의 키스를 받고 싶지 않아서? 언제나 그런 면이 보이거든. 석 달이나 떨어져 있으면 못 견디게 아빠와 엄마가 보고 싶어지는데…….
강아지처럼 아빠 엄마의 목에 매달리려고 결심했어. 사랑스럽게 어루
만져주는 손길을 듬뿍 느끼고 싶었어. 그런데도 막상 만나면, 아빠 엄
마는 내 기분을 짓밟아버리고 만단 말이야.'

　이런 슬픈 생각에 잠겨 있었으므로, 르피크 씨가 그리스어는 얼마나
알게 되었느냐고 물었을 때도 홍당무는 제대로 대답을 하지 못했다.

　홍당무 : 내용에 따라 달라요. 글짓기보다는 해석하는 것을 잘해요.
해석이라면 짐작으로 알 수 있으니까.

　르피크 씨 : 그럼 독일어는?

　홍당무 : 발음이 너무 어려워요, 아빠.

　르피크 씨 : 이 녀석아, 전쟁이 벌어지면 어떻게 프로이센 사람한테 이
길 수 있겠느냐. 놈들이 지껄이는 말도 못 알아듣고 말이야.

　홍당무 : 아아, 그렇지. 그때까지는 알 수 있어요. 아빠는 언제나 전쟁
전쟁 하고 겁을 주시지만, 전 자신이 있어요. 제가 졸업할 때까지 전쟁
은 일어나지 않을 거예요.

　르피크 씨 : 지난번 시험에서는 몇 등을 했지? 설마 꼴찌는 아니겠지?

　홍당무 : 어차피 꼴찌도 한 사람은 필요해요.

　르피크 씨 : 이 녀석이! 난 너희들에게 점심을 사줄 생각이었다. 오늘
이 일요일이라면 말이야! 하지만 평일이라서 너희들의 공부를 방해하
고 싶지 않구나.

　홍당무 : 나는 별로 할 일이 없는데…… 형은 어때?

펠릭스 : 아주 다행스럽게 오늘 아침 선생님이 숙제 내주시는 걸 잊어버렸어.

르피크 씨 : 그렇다면 더욱더 열심히 복습을 해야지.

펠릭스 : 괜찮아요. 벌써 모두 외워버렸어요, 아빠. 어제 것과 똑같으니까.

르피크 씨 : 아무튼 오늘은 다른 애들과 같이 기숙사로 돌아가는 것이 좋겠구나. 나는 되도록 일요일까지 이곳에 머무를 생각이다. 그때 점심을 사주마.

펠릭스가 뾰로통하게 화를 내건 홍당무가 입을 삐죽거리건, 헤어질 시간은 거부할 수가 없다. 헤어질 때가 온 것이다. 홍당무는 걱정스럽게 그때를 기다리고 있었다.

홍당무는 생각했다. 이번에는 자기가 키스하는 것을 아버지가 싫어하는지 어쩐지 그것을 알게 되는 것이다.

홍당무는 마음을 굳게 먹고 르피크 씨를 똑바로 쳐다보며 입을 위쪽으로 내밀면서 다가갔다.

그러나 르피크 씨는 또 손으로 가로막아 홍당무를 가까이 오지 못하게 했다. 그리고 이렇게 말했다.

"얘야, 귀에 꽂고 있는 그 펜대로 끝내는 내 눈알을 빼버리고 말 작정이구나. 내게 키스할 때는 그것을 어딘가 다른 데로 치울 수 없니? 나를 봐라. 벌써 담배를 입에서 뺐잖니."

홍당무 : 아아! 아빠, 죄송해요. 정말이에요. 이렇게 부주의하게 굴다가는 머지않아 엉뚱한 일이 생길 거예요. 전에도 누가 그런 소리를 하더군요. 하지만 이 펜대는 그야말로 내 귀에 딱 맞기 때문에 끼워둔 채그만 잊어버리곤 하거든요. 적어도 펜촉은 뽑아놓았어야 하는데……. 아아! 아빠, 전 아주 기뻐요. 아빠가 이 펜대가 겁났었다는 사실을 알게돼서…….

르피크 씨 : 이 녀석이 웃고 있네? 하마터면 나를 애꾸눈으로 만들 뻔했으면서…….

홍당무 : 아니에요, 아빠. 그게 아니라, 전 다른 일로 웃고 있는 거예요. 또 제멋대로 바보 같은 생각을 하고 있었거든요.

붉은 뺨

1

날마다 점호가 끝나면, 생마르크 기숙사 사감 선생님은 학생들의 큰 침실에서 나갔다. 학생들은 모두 상자에라도 들어가듯이 조그맣게 웅크리고는 이불 속으로 들어갔다. 바깥으로 밀려나오지 않게 하기 위해서였다.

방 감독인 비올론은 침실을 빙 둘러보고는 모두 잠자리에 들었는지 확인한 다음 발끝으로 걸어가 가만히 가스등의 심지를 작게 줄였다. 곧이어 이웃끼리의 이야기가 시작되었다. 소곤거리는 소리가 이 베개에서 저 베개로 오가고, 움직이는 입술에서는 뭐라고 말할 수 없는 소리들이 맴돌며 커다란 침실을 가득 채웠다. 그 속에서 이따금씩 짧막한 휘파람 소리 같은 잡음이 똑똑히 들려왔다.

이 미련스럽고도 끊임없는 이야기 소리는 마침내 신경을 곤두서게 만들었다. 정말 이러한 잡담은 쥐처럼 모습도 보이지 않고 여기저기 돌아다니면서 그 모든 것이 방안의 침묵을 부지런히 갉아먹고 있는 것으로밖에는 여겨지지 않았다.

비올론은 헌 슬리퍼를 끌고 한참 동안 침대 사이를 걸어다녔다. 여기서는 한 학생의 발을 간질여보고, 저기서는 딴 학생의 나이트 캡 술을 당겨보기도 했다. 그러다가 비올론은 마르소라는 아이의 옆에서 멈추어 섰다.

그 애와는 매일 밤이 깊어질 때까지 긴 이야기에 열중하여 모두에게 좋은 본보기를 보여주었다. 대부분의 학생들은 이불을 조금씩 얼굴 위로 덮어가듯이 차례차례 이야기 소리를 작게 하다가, 마침내는 뚝 그치고 잠들어버렸다. 그런데도 비올린은 언제까지나 팔꿈치를 침대의 쇠막대기에 힘껏 누른 채, 마르소의 침대에 몸을 굽히고 있었다. 팔이 저리고 피부 위를 따라 손가락까지 흘러가는 근질근질한 느낌 같은 것도 아랑곳하지 않았다.

비올론은 그 나름대로의 동화를 이야기하며 즐기고, 비밀 이야기나 자기의 어린 시절 이야기를 거리낌없이 하여 상대방의 잠을 깨우곤 했다. 마르소와 알게 된 그는 그 애가 귀여워졌다. 그의 얼굴빛이 안쪽으로부터 조명을 받은 것처럼 부드럽고 산뜻한 붉은빛으로 반짝이고 있었기 때문이다. 그것은 이미 피부라고 말할 수 없이, 살진 과일과도 같았다. 그리고 아주 희미한 공기의 변화로도 마치 먹지를 댄 지도의 선처럼 가느다란 핏줄이 서로 얽혀 있는 게 똑똑히 보였다.

게다가 마르소는 아무 까닭도 없이 갑자기 얼굴이 붉어지는 매력을 지니고 있었으므로 친구들로부터 소녀처럼 귀여움을 받고 있었다. 친구 가운데 누가 손가락 끝으로 마르소의 한쪽 뺨을 눌렀다가 얼른 떼면 하얀 자국이 남았다. 이 자국은 곧 고운 분홍빛으로 물들어서 마치 맑은 물 속에 포도주를 떨어뜨린 것처럼 확 퍼져 아름다운 색깔로 바뀌었다. 장밋빛 콧등에서 보랏빛 귀까지 미묘한 색조를 나타냈다. 이 실험은 누구나 할 수 있었다. 마르소가 선선히 실험에 응해 주었던 것이다. 이런 까닭으로 마르소에게는 '꼬마 전구', '램프' 또는 '붉은 뺨' 등의 별명이 붙었다. 이렇게 마음대로 빨개질 수 있는 능력 덕분에 그를 시기하는 사람이 많이 생겼다.

마르소와 침대를 나란히 하고 있는 홍당무는 특히 그 애에게 질투를 느끼고 있었다. 얼굴은 밀가루를 뿌려놓은 것 같은데다가 허약한 체질에 후리후리하고 괴짜인 홍당무가 아픈 것처럼 핏기 없는 피부를 힘껏 꼬집어보았댔자 헛수고였다. 그런 짓을 해서 어쩌자는 것인지! 이상한 짙은 갈색 자국이 생길 뿐이며, 그것도 언제까지나 그렇게 되는 것도 아니었다. 홍당무는 가능하다면 마르소의 붉은 뺨에 밉살스러운 손톱 자국이나 잔뜩 내어 마치 오렌지 껍질이라도 벗기듯이 확 벗겨버리고 싶은 기분이었다.

홍당무는 비올론의 행동이 오래전부터 마음에 걸렸으므로 그날 밤은 그가 오자 귀를 쫑긋 세웠다. 홍당무가 수상하게 생각하는 것도 무리는 아니었다. 방 감독 비올론이 왜 그렇게 남의 눈치를 보는지 그 진실을 알고 싶었던 것이다.

홍당무는 꼬마 탐정의 솜씨를 유감없이 발휘하여 의심을 받지 않도록 주의하며 건성으로 코를 골거나 일부러 몸부림을 치기도 했다. 그리고 곧이어 마치 가위에 눌린 듯 외마디 소리를 지름으로써 온 방안의 학생들이 깜짝 놀라 눈을 뜨고 이불을 젖히는 등 심한 동요를 일으켰다.

비올론이 방에서 나가자, 홍당무는 곧 몸을 일으켜서 숨을 헐떡거리며 마르소에게 이렇게 말했다.

"변태! 변태!"

그러나 대답이 없었다. 홍당무는 무릎을 꿇고 서서 마르소의 팔을 잡고 힘껏 흔들었다.

"안 들리니, 이 변태야!"

변태에게는 안 들리는 모양이었다. 홍당무는 신경이 곤두서서 다시 말했다.

"잘들 노는구나! 내가 못 본 줄 아니? 그 녀석이 너에게 뽀뽀를 했지! 그런데도 네가 그 녀석의 남자 첩이 아니란 말이야?"

홍당무는 약이 오른 흰 거위처럼 목을 앞으로 내밀고 두 주먹을 침대 위에 얹어놓으며 몸을 쭉 뻗쳤다.

그러자 이번에는 마르소가 대답했다.

"그래서 어쨌다는 거야?"

순간 홍당무는 허리를 굽히고 이불 속으로 재빨리 기어 들어갔다.

110

느닷없이 비올론이 돌아온 것이다!

2

"그렇다."

비올론이 말했다.

"나는 마르소한테 뽀뽀를 했다. 이봐, 마르소. 그렇게 똑똑히 말해도 괜찮아. 너는 나쁜 짓을 한 게 아니니까. 나는 너의 이마에 뽀뽀를 했어. 그런데 홍당무란 녀석은 저 나이에 벌써 불순한 생각을 하기 때문에 모르는 거야. 그 뽀뽀가 깨끗하고 순결하다는 것을 말이야. 아버지가 아들에게 하는 그런 뽀뽀로, 내가 너를 아들처럼 사랑하고 있다는 것을 말이야. 네가 원한다면 동생 같다고 말해도 좋아. 내일이 되면 저 녀석은 여기저기에 어처구니없는 말을 퍼뜨릴지도 몰라. 저 바보 꼬마 녀석!"

이 말을 듣고 홍당무는 비올론의 목소리가 잔잔하게 사방에 울리고 있는 동안 자는 체했다. 그러면서도 머리만은 쳐들고 그 다음 말을 더 들어보려고 했다.

마르소는 숨소리를 죽이고 비올론의 말을 듣고 있었다. 그의 말이 아주 당연하다고 생각하면서도, 한편으로는 뭔가 비밀이 탄로날까 봐 겁이 나는 듯 덜덜 떨고 있었다. 비올론은 되도록 목소리를 낮추어서 이야기를 계속했다. 또렷하지 않은, 멀리서 들려오는 듯한 아주 애매한 말투였다. 홍당무는 돌아누울 용기가 없어서 허리를 가볍게 움직이며 조금씩 다가갔으나, 이미 아무 말도 들리지 않았다. 주의를 집중해서 너무 긴장했기 때문에 귀에 커다란 구멍이 뚫려 깔때기 모양으로 펼쳐진 것 같은 기분이 들었다. 그런데도 아무 소리도 들리지 않았다.

홍당무는 이런 힘든 기분을 전에도 이따금 느꼈던 적이 있음을 기억했다. 그때는 문 밖에서 엿보느라 한쪽 눈을 열쇠 구멍에 딱 붙여놓고 있었다. 그리고 열쇠 구멍을 좀더 크게 하여, 갈고리 못처럼 보고 싶은 것을 자기 쪽으로 끌어당기고 싶었었다.

그건 그렇고, 어쨌든 비올론은 이런 말을 아직도 되풀이하고 있음이 틀림없다고 홍당무는 생각했다.

"물론이지, 내 애정은 정말 순수한 거야. 그걸 저 바보 꼬마 녀석은 모른단 말이야!"

이윽고 비올론은 몸을 굽혀 그림자처럼 살며시 마르소의 이마 위에 뽀뽀를 하고는 붓으로 쓰다듬기라도 하듯이 짧은 수염의 끝을 그의 이마에 비벼댔다. 그러고는 몸을 일으켜서 그 자리를 빠져나갔다. 홍당무는 침대 사이를 빠져나가는 비올론의 모습을 바라보고 있었다. 문득 비올론의 한쪽 손이 어느 긴 베개에 닿자 잠이 깬 그 학생은 숨을 길게 쉬면서 돌아누웠다.

홍당무는 오랫동안 동정을 살폈다. 별안간 비올론이 다시 되돌아오지 않을까 걱정이 되었던 것이다. 마르소는 이미 침대 속에서 몸을 웅크리고 있었다. 그는 담요를 눈 위까지 덮어쓰고 있었지만, 사실은 자고 있는 것이 아니었다. 조금 전의 사건을 어떻게 생각해야 할지 내내 고민하고 있는 것이었다. '그건 전혀 꺼림칙한 짓이 아니었다. 걱정할 필요는 없다.' 이렇게 생각해 보지만, 한편 홑이불을 뒤집어쓴 어둠 속에는 비올론의 모습이 생생하게 떠올랐다. 그것은 지금까지 꿈속에서 그를 흥분시켰던 여자들의 모습처럼 상냥했다.

홍당무는 기다리다 지치고 말았다. 양쪽 눈꺼풀이 자석이라도 되는 것처럼 딱 달라붙었다. 꺼져가는 가스등의 불빛을 가만히 바라보고 있으라고 자기 자신에게 타일렀다. 그러나 홍당무는 가스등의 심지에서 피식피식 소리를 내며 튀어나오는 작은 거품 같은 불빛을 세 개까지 세고 나서 이내 잠이 들고 말았다.

3

이튿날 아침, 모두가 세면실에서 수건 끝을 약간만 찬물에 적셔서 추위에 약해진 광대뼈를 살살 닦고 있을 때, 홍당무는 심술궂은 눈초리로 마르소를 쳐다보았다. 그러고는 가장 잔인한 말투로 또다시 그를 욕하기 시작했다.

"변태! 야, 이 변태야!"

마르소의 뺨이 금세 빨개졌다. 그러나 그는 화도 내지 않고, 애원하는 듯한 눈초리로 이렇게 대답했다.

"네가 생각하고 있는 그런 게 아니라고 말했잖아!"

잠시 후 비올론이 손을 검사하기 시작했다. 학생들은 두 줄로 서서 처음에는 손등, 그 다음에는 재빨리 뒤집어서 기계적으로 손바닥을 보여주었다. 그러고는 곧 호주머니 안이며 바로 옆에 있는 털 이불 밑의 미지근한 곳이나 따뜻한 곳으로 손을 집어넣었다. 여느 때의 비올론은 자세히 조사하지 않았다. 그런데 오늘은 무조건 홍당무의 손이 깨끗하지 않다고 말하는 것이었다. 한 번 더 세면실에 가서 씻고 오라는 비올론의 말에 홍당무는 버럭 화를 냈다. 과연 푸르죽죽한 얼룩 같은 것이 눈에 띄었다. 그러나 홍당무는 그것이 손이 트기 시작하는 징조라고 우겼다. 틀림없이 그는 비올론에게 미움을 받고 있는 것이었다. 비올론은 홍당무를 사감 선생한테 데리고 갔다.

일찍 일어나는 사감 선생은 틈틈이 낡은 녹색의 서재에서 상급생에게 가르칠 역사 수업 준비를 하고 있었다. 테이블 덮개 위에 굵은 손가락 끝을 꾹꾹 누르고는, 그것을 주요한 목표로 삼았다. 여기가 로마 제국의 몰락, 가운데가 터키 사람에 의한 콘스탄티노플의 점령, 훨씬 앞이 근대사인데, 이것은 언제 시작되었는지도 모르며 또 언제까지라도 끝나는 일이 없었다.

그는 헐렁한 실내복을 입고 있었는데, 수를 놓은 장식 끈이 늠름한 가슴을 휘감고 있어서 마치 둥근 기둥을 졸라맨 밧줄 같은 느낌이었다. 그는 과식하는 버릇이 있는 것이 틀림없었다. 얼굴은 살이 쪄서 통

통하며 늘 기름기가 번지르르했다. 그는 학부형들에게 큰소리로 이야기를 하는데, 그럴 때면 목둘레의 주름살이 칼라 위에서 느릿한 율동으로 굽이치곤 했다. 그리고 둥근 눈과 짙은 콧수염도 이 남자의 특징 중 하나였다.

홍당무는 사감 선생 앞에 섰다. 모자를 다리 사이에 끼우고 있었는데, 자유롭게 행동하기 위해서였다.

사감은 무서운 목소리로 물었다.

"무슨 일이냐?"

"선생님, 방 감독 비올론이 제 손이 더럽다면서 선생님께 보냈습니다. 하지만 그건 거짓말입니다!"

이렇게 말하고는, 한 번 더 양심에 맹세한다는 태도로 홍당무는 양손을 뒤집어 사감 선생에게 보여주었다. 처음에는 손등, 다음에는 손바닥. 그리고 다시 다짐하듯이 두 번째로는 먼저 손바닥을, 다음엔 손등을.

"뭐라고? 거짓말이라고?"

사감 선생이 화를 벌컥 내며 말했다. 그러고는 말을 이었다.

"근신 사흘이다. 알겠나!"

"선생님."

홍당무는 억울하다는 듯 하소연했다.

"방 감독이 저를 미워하고 있습니다."

"뭐? 미워하고 있다고? 근신 8일이다. 알겠나!"

홍당무는 사감 선생의 사람됨을 잘 알고 있었다. 홍당무는 그의 이런 부드러운 방법에는 조금도 놀라지 않았다. 어떤 일에도 맞설 결심을 단단히 하고 있었다. 홍당무는 꿋꿋한 자세로 두 다리를 바닥에 딱 붙이고 서서 따귀 한 대쯤은 아무것도 아니라는 듯한 대담무쌍한 얼굴을 하고 있었다.

왜냐하면 사감 선생에게는 이따금씩 완강하게 반항하는 학생을 손등으로 한 대 후려치는 악의 없는 버릇이 있기 때문이다. 이 주먹질을 미리 눈치채고 어떤 학생은 살짝 몸을 구부리기도 했다. 얻어맞게 된 학생이 자신의 솜씨를 보여주는 순간이다. 그렇게 되면 사감은 균형을 잃고 비틀거리게 되며, 학생들은 킥킥 웃는다. 하지만 사감은 한 대 더 후려갈기려고 하지는 않는다. 이번에는 '내 쪽에서도!' 하고 앙갚음을 한다는 것은 그의 위신이 허락하지 않기 때문이다. 노렸던 뺨을 똑바로 때리거나 아니면 손찌검을 전혀 안 하거나, 둘 중 어느 한쪽을 택하지 않으면 안 되는 것이다.

"선생님."

홍당무는 정말 대담하고도 의기양양한 태도로 말했다.

"방 감독과 마르소가 이상한 짓을 하고 있습니다."

그 순간, 사감의 눈이 갑자기 두 마리의 날벌레라도 뛰어든 것처럼 끔벅거리기 시작했다.

그는 두 주먹을 테이블 끝에 힘껏 누르고는 엉거주춤 일어서더니, 홍당무의 가슴 한복판에 머리가 부딪힐 만큼 쑥 내밀고는 목구멍에서 짜내는 듯한 목소리로 이렇게 물었다.

"무슨 짓을 하고 있다는 말이냐?"

홍당무는 뒤통수를 얻어맞은 것 같았다. 앙리 마르탱 씨가 쓴 두툼한 한 권의 책 같은 것이 정통으로 날아올 거라고 생각하고 있었는데, 천만 뜻밖에도 그 내용을 자세히 물어온 것이다.

사감은 대답을 기다리고 있었다. 목의 주름은 하나도 남지 않고 한군데로 모여서 가죽으로 된 두툼한 고리처럼 하나의 살덩이가 되어 있었다. 그리고 그 위에 머리가 비스듬히 얹혀 있었다.

홍당무는 망설였다. 적당한 말이 떠오르지 않는다는 것을 깨달을 때까지 시간이 한참 지났다. 그러고는 갑자기 어리둥절한 얼굴이 되어 등을 구부리고는, 누가 보아도 부자연스럽고 어색한 모습으로 다리 사이에 낀 모자를 찾았다. 홍당무는 찌그러진 모자를 꺼낸 다음 더욱더 몸을 움츠렸다. 모자를 가만히 턱밑까지 가져가 천천히 눈에 띄지 않게, 가엾을 만큼 조심스럽게 그 원숭이 같은 얼굴을 솜이 든 모자로 덮어씌우고 말았다. 말 한마디 하지 않고.

4

그날 간단한 조사가 있은 뒤에 비올론은 기숙사에서 쫓겨났다! 비장한 출발 광경이었다. 의식이라고 해도 괜찮을 정도였다.

"또 돌아오겠다."

비올론이 말했다.

"좀 쉬는 것뿐이야."

비올론은 그렇게 말했지만, 아무도 그 말을 믿지 않았다. 이 기숙사는 자주 직원을 갈아치웠다. 곰팡이라도 피지 않을까 걱정하고 있는 것 같았다. 방 감독도 자주 갈아치웠다. 비올론도 다른 방 감독과 마찬가지로 밀려난 것이다. 그리고 우수한 만큼 나가는 것도 빨랐다. 그는 대부분의 학생들에게 사랑을 받고 있었다. '그리스어 연습장, 이름 ○○○' 이라는 노트 겉면의 표제를 쓰는 솜씨는 그를 따를 사람이 없었다. 큰 글자는 간판의 그것처럼 멋졌다. 걸상을 모두 비운 채 학생들은 방 감독의 책상 주위에 빙 둘러섰다. 녹색 반지를 낀 그의 깨끗한 손이 종이 위를 화사하게 맴돌았다. 그는 페이지 밑에 기분 내키는 대로 사인을 했다. 사인은 잔잔한 물에 돌을 던졌을 때처럼, 규칙적이면서도 거침없는 아름다운 선으로 이루어진 물결과 소용돌이를 만들어냈다. 이러한 물결과 소용돌이는 꽃무늬 도장이 되기도 하는 멋진 걸작품이 되었다. 꽃무늬의 꼬리는 구불구불 굽이쳐서 꽃무늬 도장 속으로 사라졌다. 이 꼬리를 찾아내려면, 바로 그 옆에서 바라보는데도 오랜 시간이 걸렸다. 물론 꽃무늬 도장 모두가 펜을 떼지 않고 단숨에 그려진 것이었다. 어떤 때 비올론은 복잡한 선을 이리저리 얽히도록 멋지게 그려놓고는, 거기에 송진 장식품이라는 이름을 붙였다. 아이들은 오랫동안 감탄하면서 바라보고 있었다.

그가 쫓겨났으므로 학생들은 무척 슬퍼했다. 모두들 기회만 있으면 사감에게 불평을 털어놓기로 결정했다. 즉, 뺨을 불룩하게 하여 입술로 붕붕 벌떼 나는 소리를 냄으로써 불만을 나타내자는 것이었다. 언젠가 그들은 꼭 그렇게 하고 말 것이다.

지금은 모두가 다같이 슬퍼했다. 학생들이 섭섭하게 여기고 있는 것을 잘 알고 있는 비올론은 보라는 듯이 일부러 쉬는 시간에 떠났다. 그가 트렁크를 짊어진 사환을 데리고 운동장에 나타나자, 아이들이 우르르 몰려들었다. 비올론은 악수를 하고 모두의 얼굴을 가볍게 어루만지면서 애정을 표현했다. 그리고 모두에게 둘러싸여 이리 밀리고 저리 밀리며 미소 띤 얼굴에 눈물을 글썽이면서 프록 코트 자락을 찢기지 않으려고 앞자락을 끌어당기느라 애를 쓰고 있었다. 철봉에 매달려 있던 몇몇 학생은 공중 회전을 하다가 도중에서 멈추고 땅바닥으로 뛰어내렸다. 그들은 입을 벌리고 이마에는 땀을 뻘뻘 흘리면서 셔츠 소매를 걷어올린 채 진땀으로 흠뻑 젖은 손가락을 한껏 벌렸다. 운동장 안을 말없이 걸어다니던 얌전한 아이들은 작별 인사로 손을 흔들었다. 사환은 트렁크가 무거워 몸을 굽히고는 비올론과의 거리를 조금 벌리기 위해 멈추어 섰다. 이것을 보자 '잘됐구나' 하고 아주 작은 학생이 사환의 흰 겉옷에 젖은 모래 속에 처박았었던 다섯 개의 손가락을 갖다댔다. 마르소의 뺨은 그림 물감으로 칠한 것처럼 장밋빛으로 물들어 있었다. 그는 처음으로 진짜 괴로움이라는 것을 경험하고 있었다. 그래서 방 감독에 대하여 사촌 여동생 정도로 작별의 아쉬움을 느끼고 있음을 감출 수가 없었으며, 그렇게 생각하자 가슴이 울렁거려 모두에게서 뚝 떨어져 수줍은 듯한 모습으로 서 있었다. 비올론은 서먹서먹한 기색이 전혀 없이 마르소 쪽으로 다가갔다. 바로 그때 와장창 하고 유리창 깨지는 소리가 났다.

모든 학생들의 눈길이 소리가 나는 쪽으로 향했다. 홍당무의 천연덕스러운 얼굴이 나타났다. 그는 얼굴을 찌푸리고 있었다. 울 안에 갇힌 파리한 작은 맹수 같은 느낌이었다. 긴 머리카락이 유난히 눈에 띄었으며, 흰 이빨이 온통 드러나 있었다. 홍당무는 오른손을 삐죽삐죽한 유리창의 깨진 조각 사이로 내밀고는 피투성이가 된 주먹으로 비올론을 위협했다. 그러자 방 감독이 소리쳤다.

"바보 같은 꼬마 자식! 이제 속이 시원하냐!"

"도대체 왜……."

홍당무가 말했다. 주먹으로 힘껏 유리창을 한 장 더 깨면서.

"……그 녀석한테는 뽀뽀를 하면서 왜 나한테는 안 했지?"

그러고는 유리에 벤 손에서 흐르는 피를 얼굴에 문지르며 이렇게 덧붙였다.

"나도 이렇게 하면 붉은 뺨이 될 수 있단 말이야!"

120

이

펠릭스와 홍당무가 방학이 시작되어 생마르크 기숙사에서 돌아오자, 르피크 부인은 곧장 둘에게 발을 씻으라고 했다. 왜냐하면 기숙사에서는 세 달 동안 한 번도 발을 씻겨주지 않기 때문이었다. 더구나 기숙사 규칙에는 그런 일을 규정한 항목이 없었다.

"네 발은 보나마나 새까맣겠지, 홍당무?"

르피크 부인이 말했다.

정말 그녀가 말한 그대로였다. 홍당무의 발은 언제나 형 펠릭스의 발보다 새까맸다. 왜 그럴까. 둘은 언제나 같은 규칙 아래서 같은 공기를 마시며 나란히 생활하고 있는데……. 물론 석 달이 지나면 펠릭스도 남에게 깨끗한 발을 보여줄 수는 없었다. 그런데 홍당무는 스스로도 시인하듯이, 이미 자기 발인지 아닌지조차도 알아볼 수 없게 되는 것이었다.

너무도 부끄러워서 홍당무는 요술쟁이처럼 잽싸게 물 속에 발을 집어넣었다. 언제 양말을 벗었는지, 양동이 바닥을 차지하고 있는 펠릭스의 다리 사이로 언제 끼어들었는지 모를 만큼 재빨랐다. 얼마 안 가서 땟국이 네 개의 발 위로 헝겊 조각처럼 퍼져갔다.

르피크 씨는 여느 때처럼 방안을 왔다갔다하고 있었다. 아들들의 성적표를, 특히 교장 선생이 직접 쓴 소견서를 몇 번이나 연거푸 읽고 있었다. 펠릭스에 대해서는 '경솔하지만, 머리가 영리해서 좋은 성적을 거둘 것이다.' 라고 쓰여 있고, 홍당무에 대해서는 '하겠다는 생각을 갖기만 하면, 곧 뛰어난 성적을 나타낼 것이다. 다만 하겠다는 생각을 평소에는 하지 않는다.' 라고 쓰여 있었다.

홍당무도 언젠가는 뛰어난 성적을 낼 수 있다고 생각하니, 가족들은 모두 우스워졌다. 한편, 홍당무는 무릎 위에 팔을 괴고는 물 속에 담근 두 다리를 쭉 뻗어 때가 붇도록 내버려두었다. 그는 모두가 자기를 살펴보고 있다는 것을 알고 있었다. 검붉은 머리카락이 너무 길게 자라서 오히려 더 추해 보였다. 르피크 씨는 감정을 솔직히 털어놓는 것을 싫어하는 성품이어서 두 아들을 다시 만난 기쁨을 장난으로밖에는 표현하지 않았다. 그래서 저쪽으로 갈 때는 홍당무의 귀를 손가락으로 퉁겼다가 돌아올 때는 팔꿈치로 툭 쳤다. 그러자 홍당무가 깔깔 웃었다.

그러다가 마침내 르피크 씨는 홍당무의 '더벅머리' 속에 손을 쑤셔 넣어 이라도 잡겠다는 듯이 손톱을 탁탁 퉁겼다. 이것은 르피크 씨가 가장 즐기는 장난이었다. 그런데 르피크 씨의 첫 번째 손톱에 맞아 정말 이가 한 마리 죽었다.

"아아! 신통하게도 맞았다. 잡았다, 잡았어."

르피크 씨가 말했다.

그러나 조금 기분이 언짢아져서 홍당무의 머리카락에 손을 닦고 있는데, 르피크 부인이 화가 난 듯이 두 팔을 번쩍 쳐들었다.

"그럴 줄 알았지."

그녀는 어처구니없다는 얼굴로 말했다.

"아아! 이렇게 더러울 수가 있담? 에르네스틴, 빨리 대야를 가지고 오너라. 이제 네 일거리가 생겼다."

에르네스틴은 대야와 참빗과 그릇에 가득 담은 식초를 가져왔다. 그리하여 이 사냥이 벌어졌다.

"내 머리부터 빗겨줘!"

펠릭스가 외쳤다.

"틀림없이 저놈한테서 옮았을 거야."

그는 손가락으로 미친 듯이 머리를 긁어대면서, 머리를 몽땅 담글 테니 양동이에 물을 가득 담아다 달라고 보챘다.

"오빠, 조용히 하지 못해?"

시중 들기 좋아하는 에르네스틴이 참다못해 말했다.

"아프게 안 할게."

그녀는 펠릭스의 목에 타월을 두르고는 어머니처럼 차분한 솜씨와 끈기를 보였다. 한 손으로 머리를 헤치고 다른 한 손으로 살며시 빗기기 시작했다. 그리고 입을 비쭉거리며 비웃는 태도도 보이지 않았고, 무서워하는 기색도 보이지 않으며 열심히 이를 찾았다.

그녀가 "여기, 또 한 마리!" 하고 말할 때마다, 펠릭스는 양동이 속에서 발을 동동 구르며 홍당무를 주먹으로 툭툭 쳤다. 홍당무는 조용히 자기 차례를 기다렸다.

"오빠는 끝났어. 일곱 마린가 여덟 마리밖에 없었어. 세어봐. 홍당무의 것은 우리 모두 세어볼 테니."

에르네스틴이 말했다. 빗을 한 번 대자마자 홍당무의 것은 벌써 그 이상이 되었다. 에르네스틴은 마치 이의 무리를 만난 것처럼 생각했지만, 정말은 이가 우글거리고 있는 곳의 일부분을 아무렇게나 빗질한 것에 지나지 않았다.

모두 홍당무를 에워쌌다. 에르네스틴은 점점 신이 났다. 르피크 씨는 뒷짐을 지고 구경꾼처럼 호기심에 가득 찬 눈으로 보고 있었다. 르피크 부인이 몇 번이나 기가 막히다는 듯이 소리를 질렀다.

"어머나, 어머나! 이러다간 삽과 갈퀴를 가지고 와야겠구나."

펠릭스는 몸을 굽히고 대야를 흔들면서 떨어지는 이를 받고 있었다. 이는 비듬과 섞여 떨어졌다. 잘린 속눈썹처럼 가느다란 다리가 꼼지락거리는 것이 똑똑히 보였다. 이는 대야의 물이 흔들리는 데 따라서 이리저리 밀려다니다가 끝내는 식초 때문에 죽어버렸다.

르피크 부인 : 홍당무, 우리는 네 마음을 도무지 모르겠구나. 다 큰 아이가 부끄럽지도 않니? 까마귀 같은 발은 봐줄 수도 있어. 여기서 처음 보았을 테니 말이야. 하지만 이가 물어뜯는데도 선생님한테 부탁해서 잡아달라고도 하지 않고, 가족들에게도 잡아달라는 말을 안 했으니…… 도대체 어쩔 생각이었니? 산 채로 이한테 뜯어먹히는 기분이 어떠냐? 더벅머리 속이 온통 피투성이구나.

홍당무 : 빗에 긁혀서 그런 거예요.

르피크 부인 : 어머나, 빗에 긁혔다니, 그게 누나한테 하는 고맙다는 인사말이냐? 들었니, 에르네스틴? 이 양반은 성미가 아주 까다로운 분이어서 이발사인 누나에게 까탈을 부리는구나. 얘야, 에르네스틴. 자기가 좋아서 고생하고 있는 아이니까 이한테 잡아먹히도록 내버려두는 것이 좋겠구나.

에르네스틴 : 엄마, 오늘은 그만해야겠어요. 제일 큰 것들은 잡았으니 내일 한 번 더 뒤져보겠어요. 하지만 저는 화장수라도 뿌려야겠어요.

르피크 부인 : 홍당무, 너는 대야를 뜰로 갖고 나가서 담 위에 올려놓아라. 온 마을 사람들이 모두 구경하고 나면 너도 부끄러운 줄 알게 될 테니까.

홍당무는 대야를 들고 밖으로 나가 그것을 햇빛 아래 놓고 지켜보았다. 맨 처음 가까이 온 사람은 마리 나네드 할머니였다. 이 할머니는 홍당무를 보기만 하면 언제나 멈춰 서서 심술궂은 표정으로 뚫어지게 살펴보았다. 그러고는 검은 모자를 흔들며 무언가 알아내려고 했다.

"도대체 이게 뭐냐?"

마리 나네드 할머니가 물었다.

그러나 홍당무는 대답하지 않았다. 할머니는 대야 속을 들여다보며 다시 물었다.

"팥이냐? 나는 눈이 침침해서 똑똑히 안 보이는구나. 우리 아들 피에르가 안경을 사다주면 좋으련만."

마리 나네드 할머니는 대야 속의 그것을 손가락으로 만져보았다. 맛이라도 보려는 듯이. 하지만 아무래도 알 수가 없었다.

"그런데 너는 여기서 뭘 하고 있니? 잔뜩 부어가지고 게슴츠레한 눈을 하고 말야. 틀림없이 꾸중을 듣고 벌을 서고 있는 거지? 나는 네 할머니는 아니지만 항상 네 생각을 하고 있단다. 얘야, 나는 네가 가엾다. 틀림없이 식구들이 너를 못살게 구는 모양이지?"

홍당무는 주위를 힐끔 둘러보고는 마리 나네드 할머니에게 말했다.

"그래서 그게 어쨌단 말예요? 할머니와 무슨 상관이 있죠? 할머니 일이나 걱정하세요. 제 일은 상관 말고요."

브루투스처럼

르피크 씨 : 홍당무, 너는 지난해에 내가 기대한 만큼 공부를 안 했구나. 성적표에 좀더 하면 잘할 수 있을 거라고 쓰여 있다. 너는 쓸데없이 공상에 잠기거나, 읽어서는 안 되는 책을 읽고 있단 말이야. 기억력이 좋아서 시험에서는 꽤 좋은 점수를 받고 있지. 그러나 숙제는 게을리하고 있어. 홍당무, 좀더 열심히 해보려는 생각을 가지거라.

홍당무 : 두고 보세요, 아빠. 아빠 말씀대로 지난해에는 제가 조금 게으름을 피웠지요. 하지만 올해에는 열심히 하려고 마음먹고 있어요. 전 과목 다 일등을 장담할 수는 없지만 말예요.

르피크 씨 : 아무튼 열심히 하거라.

홍당무 : 참, 아빠도! 너무 기대가 커요. 지리와 독일어와 물리와 화학은 가망이 없을 것 같아요. 아주 잘하는 녀석이 두세 명 있거든요. 그

아이들은 다른 과목은 형편없으면서도 그 과목만은 뛰어나거든요. 그래서 그 애들만은 도저히 앞지를 수가 없어요. 하지만 아빠, 프랑스어 글짓기만큼은 우리 반에서 일등을 할 거예요. 그리고 계속 그 상태를 유지할 생각이에요. 만일 노력한 보람 없이 일등을 못하더라도 제 자신을 나무라지 않을 거예요. 그래도 저는 브루투스처럼 자랑스럽게 외칠 수 있어요. "오오, 미덕이여! 너는 한갓 쓸모없는 말에 불과하도다."라고 말이에요.

르피크 씨 : 그래, 홍당무. 너는 틀림없이 모두를 휘어잡을 수 있을 거다.

펠릭스 : 홍당무가 뭐라고 했지?

에르네스틴 : 나는 못 들었어.

르피크 부인 : 나도. 어디 한 번 더 말해 보렴, 홍당무.

홍당무 : 응, 엄마. 아무것도 아니에요.

르피크 부인 : 뭐라고? 아무 말도 안 했다고? 하지만 너는 우쭐해서 한참 동안 열을 내어 이야기하지 않았니? 얼굴을 붉히고 주먹을 휘둘러 대며 말이다. 목소리가 동구 밖까지 들렸겠다. 그 말을 한 번 더 되풀이해 보렴! 틀림없이 모두를 위한 좋은 말일 테니.

홍당무 : 그럴 필요는 없어요, 엄마.

르피크 부인 : 천만에. 너는 누군가의 이야기를 했었다. 이름이 뭐라고 했지?

홍당무 : 엄마는 모르는 사람이에요.

르피크 부인 : 그렇다면 더 듣고 싶구나. 자, 똑똑한 척 그만하고, 어서

말해 보거라.

홍당무 : 그렇다면 말할게요. 엄마, 저는 아빠와 단둘이서 이야기를 했어요. 아빠가 저에게 친절히 충고를 해주시기에 문득 어떤 생각이 떠올랐던 거예요. 고맙다는 표시로, 브루투스라는 로마 사람처럼 미덕에 호소해 보겠다는 생각 말이에요.

르피크 부인 : 뭐냐, 시시하게……. 제발 아까 말한 그대로 한 구절도 빼지 말고 한 번 더 말해 보려무나. 나는 뭐 큰 걸 바라는 것도 아니다. 엄마한테 그 정도는 해줄 수도 있잖니?

펠릭스 : 내가 말해 볼까, 엄마?

르피크 부인 : 아니다. 홍당무가 먼저 하고 나서 네가 해. 그래야 양쪽을 비교해 볼 수 있지. 자, 홍당무, 빨리 하거라.

홍당무 : (울음 섞인 목소리로 머뭇거리면서) 미, 미, 미덕이란 한갓 쓸모없는 말에 불과하도다.

르피크 부인 : 형편없구나. 이 개구쟁이 얘기는 못 듣겠어. 엄마를 기쁘게 해주기보다는 얻어맞는 편이 낫겠다.

펠릭스 : 저, 엄마. 얘는 이렇게 말했어요. (눈을 크게 뜨고 모두에게 도전하는 듯한 시선을 던지면서) 만일 내가 프랑스어 글짓기에서 일등을 차지하지 못하면 (볼을 잔뜩 부풀리고 발을 구르면서) 나는 브루투스처럼 외칠 것이다. (두 팔을 높이 쳐들고) 오오, 미덕이여!(들었던 팔을 허벅지 위로 탁 내리며) 너는 한갓 쓸모없는 말에 불과하도다, 이렇게 말이에요.

르피크 부인 : 잘했다, 잘했어. 정말 근사하구나. 홍당무, 축하한다. 하

지만 남을 흉내내는 일은 결코 진짜만 못한 것이란다. 그런 만큼 난 네가 고집을 부린 게 언짢구나.

펠릭스 : 하지만 홍당무, 그렇게 말한 것이 정말 브루투스였니? 카토가 아니고?

홍당무 : 틀림없이 브루투스였어. '그렇게 말하고 나서 그는 친구가 내민 칼에 몸을 던져 죽은' 거야.

에르네스틴 : 홍당무 말이 맞아. 나도 이제 생각이 난다. 브루투스는 미치광이 흉내도 내고, 지팡이 속에 황금을 숨기기도 했어.

홍당무 : 틀려, 누나. 얘기가 뒤죽박죽 되잖아. 누나는 내가 말하는 브루투스와 다른 브루투스를 혼동하고 있는 거야.

에르네스틴 : 그랬었나? 하지만 소피 선생님의 역사 강의는 절대로 너희 선생님보다 뒤지지 않는다는 것을 알아야 해.

르피크 부인 : 그런 건 아무러면 어떠냐. 싸움은 그만해. 중요한 것은 우리 집에도 한 사람의 브루투스가 필요하다는 거야. 그런데 마침 여기 있구나.

홍당무 덕분에 모두들 우리를 얼마나 부러워할까! 지금까지 이런 명예로운 일을 통 모르고 있었지 뭐냐. 자, 새로운 브루투스를 존경하도록 해라. 주교님처럼 라틴어로 말씀하시지만, 귀가 어두운 사람이 있어도 설교의 말씀을 두 번 되풀이해 주지는 않는단다. 뒤로 돌아보아라. 앞에서 보니 오늘 갈아입은 새 옷에 얼룩이 져 있어. 뒤에서 보니 바지가 찢어졌구나.

오오, 하느님. 도대체 쟤는 또 어디에 틀어박혀 있다가 왔을까요? 아

무튼 저 브루투스 홍당무의 괴상한 모습을 차근차근 바라보세요! 정말
감당해 낼 수 없는 개구쟁이(브루투스)란 말이에요, 정말!

홍당무가 르피크 씨에게 보낸 편지

—부록 : 르피크 씨가 홍당무에게 보낸 답장

홍당무가 르피크 씨에게
— 생마르크 기숙사에서

아빠.

방학 동안 했었던 낚시가 아직도 기억에 생생하여 제 온몸의 피가 소용돌이치고 있습니다. 허벅지에 큰 종기가 났습니다. 그래서 지금 자리에 누워 있습니다. 반듯이 누워 있으면 간호사가 찜질을 해줍니다. 종기는 터질 때까지는 아프지만, 터지고 나면 아주 깨끗하게 낫곤 합니다. 하지만 병아리 새끼처럼 자꾸만 늘어갑니다. 하나가 나으면 새 것이 세 개나 생기는 판입니다. 하지만 대수롭지는 않으리라고 생각됩니다.

— 홍당무 올림

132

르피크 씨의 답장

홍당무야.

너는 첫 영성체를 앞두고 교리 문답을 배우고 있으니, 종기로 고통을 당하는 것은 비단 너만이 아니라는 것을 알고 있을 테지. 예수 그리스도는 두 손과 두 발을 못박혔는데도 아무런 불평도 하지 않았다. 더구나 그 못은 종기가 아닌 진짜 못이었다. 기운을 내거라!

— 너를 사랑하는 아버지가

홍당무가 르피크 씨에게

아빠.

기쁜 소식을 알려드리겠습니다. 어금니 한 개가 또 났습니다. 아직 나이로 말하면 이릅니다만, 이것은 분명히 조숙한 사랑니입니다. 저는 한 개만으로 그치지 않기를 바라고 있습니다. 또 품행을 단정히 하고 열심히 공부해서 늘 아버지를 만족시켜 드리겠습니다.

— 홍당무 올림

르피크 씨의 답장

홍당무야.

네 사랑니가 나오고 있을 바로 그 무렵에 내 이가 한 개 흔들리기 시
작했다. 그러더니 어제 아침, 드디어 빠지고야 말았구나. 네 이 한 개
가 새로 나오면 내 이는 한 개 빠지니까 우리 가족 이의 합계는 아무
변화 없이 언제나 같은 셈이다.

— 너를 사랑하는 아버지가

홍당무가 르피크 씨에게

아빠.

상상해 보세요. 어제는 라틴어를 가르치시는 자크 선생님의 생일이
었어요. 그래서 우리들은 축하 인사를 전하는 일을 의논했는데, 만장
일치로 제가 반 대표로 뽑혔습니다. 저는 너무도 자랑스러워 긴 연설
문을 준비했습니다. 적당히 라틴어도 인용해서 넣었습니다. 솔직히
말해서 만족할 만한 연설문입니다. 저는 그것을 큼직한 양면 괘지에
깨끗이 정서를 했습니다. 이윽고 자크 선생님의 생일날 친구들이 "빨
리 해, 빨리!" 하고 속삭이는 바람에, 저는 자크 선생님이 학생들을 보
지 않고 있는 틈을 타 교단 쪽으로 나갔습니다. 그런데 종이를 펼치고,

소리를 높여서 "존경하는 선생님!" 하고 시작한 순간, 자크 선생님이 벌떡 일어서서 큰소리로 외쳤습니다.

"빨리 자리로 돌아가지 못할까!"

제가 어떻게 도망쳐서 자리로 돌아갔는지 상상하실 수 있겠지요? 친구들은 모두 책으로 얼굴을 가리고 있었습니다. 자크 선생님은 발끈 화를 내며 저에게 명령했습니다.

"연습 문제를 번역해 봐."

아빠, 어떻게 생각하세요?

— 홍당무 올림

르피크 씨의 답장

홍당무야.

네가 장차 국회의원이 된다면 틀림없이 그런 일을 많이 당할 것이다. 사람에게는 저마다 제 역할이 있는 법이다. 선생님이 교단에 서는 것은 분명히 연설을 하기 위해서이지, 결코 너의 연설을 듣기 위해서가 아니란다.

— 너를 사랑하는 아버지가

홍당무가 르피크 씨에게

아빠.

이제 막 그 토끼를 지리 역사를 담당하시는 르그리 선생님께 전해 드렸습니다. 선생님은 정말 그 선물이 기쁘신 듯 아빠한테 매우 감사한다고 하셨습니다. 제가 비에 젖은 우산을 그대로 들고 들어갔더니, 선생님은 얼른 제 손에서 그것을 받아 손수 현관으로 가져가시더군요. 그러고 나서 선생님과 여러 가지 이야기를 했습니다. 선생님은 제가 마음만 먹으면 학년 말에는 틀림없이 일등을 할 것이라고 말씀하셨습니다.

하지만 아빠, 도저히 있을 수 없는 일입니다. 선생님과 이야기하는 동안 저는 계속 서 있었습니다. 전에도 말씀드렸듯이 르그리 선생님은 다른 점에서는 매우 친절하시지만, 한번도 저에게 의자를 권하지 않았습니다.

선생님이 잊으신 걸까요, 아니면 예의를 몰라서 그랬을까요?

저로서는 이해가 되지 않습니다. 아빠, 아빠의 의견을 꼭 듣고 싶습니다.

— 홍당무 올림

르피크 씨의 답장

홍당무야.

너는 언제나 불평만 하고 있구나. 자크 선생님이 제자리로 돌아가랬다고 해서 투덜거리고, 르그리 선생님이 세워두었다고 해서 또 투덜거리니 말이다. 너는 어리기 때문에 어른 대접을 받기에는 아직 무리야. 그리고 르그리 선생님이 너한테 의자를 권하지 않았더라도 이러쿵저러쿵해서는 못쓴다. 틀림없이 네가 꼬마이기 때문에 이미 의자에 앉아 있는 거라고 착각하셨을 것이다.

— 너를 사랑하는 아버지가

홍당무가 르피크 씨에게

아빠.

파리로 가신다고요? 아빠와 함께 파리를 관광하는 즐거움을 누리고 싶습니다. 파리는 저도 구경하고 싶은 곳입니다. 하지만 이번에는 마음만 따라가겠습니다. 학교 공부 때문에 이번 여행은 단념해야 한다는 것을 잘 알고 있습니다. 하지만 이 기회에 부탁드리고 싶은 것이 있습니다. 책을 한두 권 사다주시지 않겠습니까? 지금 갖고 있는 책은 벌써 모두 외워버리고 말았습니다. 아무 책이라도 좋으니 아빠가 골라주세요. 사실 책이란 어느 것이나 모두 마찬가지입니다. 하지만 제가 특별히 갖고 싶은 것은 프랑수아 마리 아루에 드 볼테르의《앙리아드》와 장자크 루소의《누벨르엘로이즈》입니다. 아빠가 이 두 권을 사다주시더라도(파리는 책값이 아주 싸답니다.) 방 감독이 빼앗거나 하는 일은 없을 것입니다.

— 홍당무 올림

르피크 씨의 답장

홍당무야.

네가 편지에 써서 보낸 작가 역시 너나 나와 다름없는 인간이란다. 그 사람이 할 수 있는 일이라면 너 역시 할 수 있을 것이다. 너도 책을 써서 그것을 읽어보는 것이 좋겠다.

— 너를 사랑하는 아버지가

르피크 씨가 홍당무에게

홍당무야.

오늘 아침에 받은 네 편지를 읽고 깜짝 놀랐다. 몇 번이나 되풀이해서 읽었지만, 뭐가 뭔지 도무지 알 수가 없구나. 우선 문장도 여느 때와 다르고, 말하고 있는 내용도 괴상망측해서 너나 나와 전혀 관계가 없는 것처럼 생각된다.

너는 언제나 온갖 일들을 가족들에게 자세히 알려주었지. 성적 순위라든가 선생님 한 사람 한 사람의 장점과 단점, 새로 온 반 친구의 이름, 속옷 같은 게 이러니저러니, 잘 잤느니 못 잤느니, 식욕이 있느니 없느니 등등을 써 보내곤 했다.

내가 알고 싶은 것은 그런 일이다. 그런데 오늘 아침의 편지는 도무지 알 수가 없구나. 대체 어째서 이 한겨울에 봄 이야기를 썼니? 무슨 뜻이냐? 목도리라도 필요하다는 말이냐? 날짜도 없고, 내게 부친 것인지, 아니면 개한테 보낸 것인지마저 알 수가 없구나. 글씨체도 어쩐지 여느 때와는 다르고, 행수라든가 그 많은 대문자 등 나로서는 그저 어리둥절할 뿐이다. 요컨대 너는 누군가를 놀릴 작정인 것 같구나. 그러나 놀림을 받는 것은 너 자신이 아닐까. 나는 너를 크게 나무랄 생각은 없다. 다만 주의를 시킬 뿐이다.

— 너를 사랑하는 아버지가

홍당무의 답장

아빠.

　지난번의 편지에 대해서 먼저 한말씀 드리겠습니다. 알아차리지 못하신 것 같은데, 그것은 '시' 입니다.

— 홍당무 올림

헛간

이 조그만 헛간은 닭이나 토끼나 돼지가 번갈아가며 살아왔는데, 지금은 텅 비어 있어 여름 방학 동안은 홍당무가 전적으로 소유권을 쥐고 있었다. 그는 쉽게 그 안으로 들어갔다. 헛간에는 이제 문이 없기 때문이었다. 가느다란 오르티 풀이 우거져서 입구를 가로막고 있었으므로 홍당무가 엎드리면 꼭 숲처럼 보였다. 잔잔한 먼지가 바닥을 덮고 있었고 벽의 돌들은 습기로 번들번들 빛났다. 홍당무의 머리카락은 천장에 닿았다. 거기 있으면 참으로 마음이 편했다. 귀찮은 장난감 같은 것은 거들떠보지도 않고 오직 공상의 나래를 마음껏 펼칠 수 있었다. 홍당무가 즐기는 놀이는 헛간의 네 귀퉁이에 엉덩이로 둥지를 파는 일이다. 손으로 먼지를 긁어모아 그것으로 둥지와 엉덩이 사이의 빈 곳을 메워 둥지 속에 옴폭 들어앉는 것이다.

미끈미끈한 벽에 등을 기대고 다리를 오그린 채 손으로 무릎을 끌어안고 둥지 위에 앉아 있으면 아늑한 기분이 됐다. 정말 이보다 더 자리를 적게 차지하는 방법도 없을 것이다. 홍당무는 세상일을 잊어버렸다. 이제 세상 같은 건 두렵지 않았다. 그의 마음을 흔들어놓는 것은 우르릉 번쩍 하며 벼락치는 소리뿐일 것이다.

어떤 때는 그릇 씻는 개숫물이 바로 옆 수채 구멍으로 폭포처럼 쏴아쏴아 흘러내리고, 어떤 때는 뚝뚝 한 방울씩 흘러갔다. 그리고 그에게 찬바람을 보내주었다.

그런데 느닷없이 경보가 울렸다. 누군가를 부르는 소리가 가까워지며 말소리가 들렸다.

"홍당무는 어디 있니? 홍당무는 어디 있어?"

누군가의 머리가 기웃거리며 나타났다. 홍당무는 작은 공처럼 몸을 웅크리고 땅바닥과 벽 사이에 틀어박혔다. 가만히 숨을 죽이고 입을 벌린 채, 시선조차 움직이지 않았다. 두 개의 눈이 어둠 속을 살피고 있는 것이 느껴졌다.

"홍당무, 거기 있니?"

홍당무는 관자놀이를 불룩거리며 겁을 먹고 있었다. 하마터면 나지막한 고함 소리가 터져나올 뻔했다.

"없구나. 그 개구쟁이, 대체 어디 갔을까?"

목소리의 주인공은 멀어져 갔다. 긴장이 조금 풀려서 홍당무의 몸은 다시 편한 자세가 됐다.

그의 공상은 또다시 긴 침묵의 길을 마구 달렸다. 그러자 떠들썩한 소리가 귀에 가득 찼다.

천장에서 날벌레 한 마리가 거미줄에 걸려서 퍼덕거리고 있었다. 거미는 줄을 따라 미끄러지듯이 내려오고 있었는데, 배가 빵 속처럼 하얗다. 잠깐 동안 거미는 불안한 듯 몸을 웅크리고 매달려 있었다.

홍당무는 엉덩이를 살짝 들고 거미의 동정을 살피며 이제나저제나 하고 마지막 장면을 기다렸다. 이윽고 그 비극을 자아내는 거미가 덤벼들어 별 모양의 다리를 오므려서 먹이를 죄기 시작하자, 홍당무는 정신없이 벌떡 일어섰다. 마치 자기 몫을 내놓으라는 듯이.

그러나 아무 일도 없었다.

거미는 다시 위로 되돌아갔다. 홍당무도 다시 제자리에 앉아서 공상의 세계로 되돌아갔다. 토끼의 마음 같은 어렴풋한 영혼 속으로.

잠시 뒤, 모래를 품어서 무거워진 한 줄기 냇물처럼 그칠 줄 모르는 그의 공상은 경사진 곳이 없어지자 물웅덩이를 이루면서 괴고 말았다.

고양이

1

홍당무는 이런 이야기를 들은 적이 있었다.

'가재를 잡는 데는 고양이고기만큼 좋은 것이 없다. 닭의 내장보다도 소, 돼지의 고깃점보다도 좋다.'

그런데 홍당무는 고양이를 한 마리 알고 있었다. 늙고 병들어 골골한데다 여기저기 털이 숭숭 빠져 아무도 상대를 하지 않는 고양이였다. 홍당무는 우유를 한 잔 대접하겠다고, 그 고양이를 자기 헛간으로 초대했다. 거기라면 주인과 손님 단둘뿐이다. 쥐가 한 마리쯤 위험을 무릅쓰고 나올지도 모른다. 하지만 홍당무는 우유 한 잔밖에는 내놓지 않을 작정이었다. 홍당무는 우유잔을 헛간 구석에 놓고 고양이를 그쪽으로 떠다밀며 말했다.

"자, 실컷 먹어라!"

그리고는 등을 쓸어주면서 여러 가지 이름을 다정스럽게 불러주기도 했다. 혓바닥의 재빠른 움직임을 보고 있으니 어쩐지 측은한 느낌이 들었다.

"가엾은 녀석, 얼마 남지 않은 목숨을 마냥 즐겨라."

고양이는 우유잔을 바닥까지 깨끗이 핥고는 가장자리까지도 말끔하게 싹싹 핥았다. 그리고는 달콤한 입술을 혀끝으로 샅샅이 쪽쪽 빨았다.

"벌써 다 먹었니? 정말 배가 부르니?"

홍당무는 고양이를 쓰다듬으면서 연거푸 물었다.

"아마 한 잔 더 먹고 싶겠지. 하지만 이것밖에는 못 가지고 왔어. 어차피 조금 빠르거나 늦는 차이뿐이야!"

그렇게 말하고는 홍당무는 고양이의 이마에 엽총의 총부리를 대고 방아쇠를 당겼다.

총소리에 순간 홍당무 자신도 아찔해졌다.

헛간까지 날아간 듯싶었다. 연기가 사라진 뒤 자세히 보니 고양이가 한쪽 눈으로 그를 쏘아보고 있었다. 머리의 절반은 어디론가 날아가 버리고 없고, 피가 우유잔 속으로 흘러 들어가고 있었다.

"죽지 않은 모양이구나!"

홍당무가 말했다.

"제기랄, 똑바로 정확하게 겨누었는데."

홍당무는 꼼짝도 할 수 없었다. 한쪽 눈만이 노랗게 빛나고 있어 몹시 불안스러웠다. 고양이는 몸을 부르르 떨면서 아직도 살아 있음을 보여주었다. 그러나 달아나려고는 하지 않았다. 피를 한 방울도 땅으로 흘리지 않으려고 조심스럽게 우유잔 안에만 철철 흘리고 있는 것 같았다.

그러나 홍당무는 풋내기가 아니었다. 지금까지 들새와 가축을 몇 마리 죽였으며, 개도 한 마리 죽인 적이 있었다. 장난 삼아 한 적도 있고 다른 사람을 돕느라고 같이 죽인 적도 있었다. 그러므로 요령은 잘 알고 있었다. 만약 짐승이 좀처럼 죽지 않을 때에는 재빨리 처치해 버려야 한다. 용기를 내서 거칠게, 필요하다면 맞붙을 위험도 무릅써야 한다. 홍당무는 이러한 일들을 잘 알고 있었다. 만약 그렇게 하지 않으면 쓸데없는 동정심이 선뜻 머리를 쳐들어서 겁쟁이가 된다. 때를 놓쳐 끝내 해치우지 못하게 되는 것이다.

우선 조심스럽게 여러모로 건드려본다. 그러고는 꼬리를 잡고 총의 개머리로 목덜미를 여러 차례 내리친다. 내리칠 때마다 마지막 한 대라고 여겨질 만큼 세게 친다.

죽어가던 고양이는 미친 듯이 다리로 허공을 긁는다. 동그랗게 몸을 움츠리는가 하면 다시 쭉 뻗는다. 그러나 소리는 지르지 않는다.

"도대체 누구야! 고양이는 죽을 때 운다고 자신만만하게 나한테 말한 사람이?"

홍당무가 말했다.

그는 몹시 안타까웠다. 시간이 너무 오래 걸렸다. 홍당무는 엽총을 내던지고 고양이를 끌어안았다. 고양이의 발톱에 긁히자 더욱 흥분한 홍당무는 이를 악물고 간신히 목을 졸라 죽였다.

마침내 홍당무도 숨이 가빠지며 기진맥진하여 비실비실 땅바닥에 주저앉았다. 고양이와 얼굴을 맞대고 두 눈으로 고양이의 외눈을 뚫어지게 노려보면서……

2

홍당무는 자기의 쇠 침대에 누워 있었다.

부모님과 급한 연락을 받고 달려온 친구들이 헛간의 낮은 천장 밑에 허리를 구부리고 그 잔인한 사건이 벌어졌던 현장을 살펴보고 있었다.

"어찌 된 일일까요?"

르피크 부인이 말했다.

"글쎄, 으스러지게 목을 졸라 죽인 고양이를 가슴에 꼭 껴안고 있잖아요. 그걸 억지로 떼려니, 여느 때의 몇 배나 힘이 들었어요. 정말이에요. 나를 그렇게 힘껏 껴안아준 적은 한번도 없었는데."

홍당무의 이 잔인한 소행은 뒷날 가족들 사이에 이야깃거리로 전해지게 되겠지만, 그 일에 대해 어머니가 이러니저러니 설명하고 있는 동안 홍당무는 꿈을 꾸고 있었다.

그는 냇가를 따라 거닐고 있었다. 이런 경우에는 으레 달빛이 몇 갈

래나 흔들리면서 마치 뜨개질바늘처럼 서로 얽혀 흔들렸다. 가재를 잡는 그물 위에는 고양이의 살덩이가 맑디맑은 물을 통해서 불타듯이 반짝이고 있었다.

목장에는 하얀 안개가 자욱했다. 어쩌면 둥실둥실 떠다니는 유령이 숨어 있을지도 몰랐다.

홍당무는 뒷짐을 진 채 유령들에게 조금도 무섭지 않다는 증거를 보여주었다.

그때 소 한 마리가 다가와서 우뚝 섰다. 그리고 음매 하고 우는가 싶더니 쏜살같이 달아났다. 하늘 높이 발굽 소리를 울리며 어느새 자취를 감추었다.

만약 시냇물이 종알거리거나 소곤대서 신경을 곤두서게 하지 않았으면 얼마나 조용할 것인가. 마치 할머니들이 모인 것처럼 수다스럽고 귀찮았다.

홍당무는 냇가를 후려갈겨서 조용하게 하려고 생각했는지, 그물 막대기를 살며시 들어올렸다. 그러자 우거진 갈대밭에서 엄청나게 큰 가재가 여러 마리 이쪽으로 올라오고 있었다.

가재는 계속 늘어났다. 그들은 곧추서서 번들번들한 몸을 번쩍이며 물 속에서 나왔다. 홍당무는 심한 괴로움에 몸이 천근같이 무거워져 달아날 수도 없었다.

가재들이 그를 에워싼다.

목을 향해서 몸을 뻗쳐온다.

재깍재깍 소리를 낸다.

벌써 집게발을 활짝 벌리고 있다.

양(羊)

맨 처음에 홍당무는 어렴풋이 공 같은 것이 뛰고 있다고 생각했다. 그것이 한꺼번에 뒤섞여서 귀를 찢을 것 같은 외마디소리를 냈다. 마치 학교의 실내 체육관에서 놀고 있는 아이들 같기도 했다. 공 하나가 홍당무의 다리 사이로 뛰어들었다. 홍당무는 어쩐지 섬뜩해졌다. 또 하나가 천장 들창으로 비쳐드는 햇빛 속으로 뛰어올랐다. 새끼양이었다. 홍당무는 겁을 집어먹었던 것이 우스워서 빙그레 웃었다. 눈이 차츰 어둠에 익숙해지자, 구석구석까지 분명하게 보였다.

새끼양이 새끼치는 시기가 시작된 것이다. 아침마다 농사꾼인 파졸이 헤아려보면 두서너 마리씩 늘어나 있었다. 어미양들 틈에서 어슬렁거리고 있는 갓난 새끼양이 눈에 띄었다. 작달막하게 못생긴 그놈은 네 다리를 힘껏 딛고는 바들바들 떨고 있었다. 그 다리 모양은 마치 아무렇게나 깎아 세운 네 개의 나무 막대기 같았다.

　홍당무는 아직 새끼양을 쓰다듬어줄 용기가 나지 않았다. 새끼양들은 대담하게 홍당무의 구두를 핥기도 하고 입에 풀을 한 입 물고 앞발을 그에게 걸치기도 했다.

　태어난 지 일주일쯤 된 약삭빠른 녀석은 엉덩이에 잔뜩 힘을 주어 몸을 쭉 뻗치고는 허공에 떠서 지그재그를 그렸다. 하루밖에 안 된 녀석은 몹시 야위고 앙상한 무릎을 꿇고 주저앉았다가도 기운차게 벌떡 일어섰다. 갓 태어난 새끼가 땅바닥을 기고 있었다. 아직 어미가 핥아주지 않아서 몸이 반지르르했다. 어미양은 물에 부풀어 대롱거리는 태주머니가 귀찮은지 머리로 새끼를 밀어젖혔다.

　"못된 어미로군."

　홍당무가 말했다.

　"짐승이나 사람이나 마찬가지야."

　파졸이 말했다.

　"이건 틀림없이 유모에게라도 맡기고 싶은 거야."

　"그럴지도 몰라. 고무로 된 젖꼭지로 길러야 할 새끼가 많이 있어. 약방에서 팔고 있는 그 젖꼭지 말이야. 하지만 그리 오래가지는 않아. 어미한테 정이 생기지. 게다가 어미한테 젖을 달라고 새끼들이 보채니까."

　파졸은 어미양의 어깨를 붙들어 우리 안으로 넣었다. 그리고 우리에서 달아나면 알아볼 수 있도록 양의 목에 짚으로 목걸이를 매어두었다. 새끼양이 뒤따라왔다. 어미양은 강판에 가는 듯한 소리를 내며 풀을 먹고 있었다. 새끼양은 덜덜 떨면서 약하고 여린 다리로 서 있었다. 덜렁덜렁한 젤리 같은 것을 잔뜩 묻힌 코를 비벼대면서 처량한 모습으로 젖을 빨려고 했다.

"이런 어미도 정이라는 게 생길까?"

홍당무가 물었다.

"물론이지. 엉덩이가 나으면 말이지. 아무튼 낳는 게 힘들거든."

파졸이 대답했다.

"내가 하라는 대로 하는 게 좋을 텐데."

홍당무가 말했다.

"왜 잠시 동안만이라도 다른 어미양한테 새끼를 맡기지 않지?"

"저쪽에서 거절하거든."

홍당무의 물음에 파졸이 대답했다.

그때 헛간 구석구석에서 어미들의 울음소리가 뒤섞여 들려와 젖 주는 시간을 알렸다. 홍당무의 귀에는 어느 양의 소리나 똑같이 들리는데, 새끼양들에게는 저마다 다르게 들리는 모양이었다. 모두 실수 없이 제 어미 젖꼭지를 향해 똑바로 나아갔다.

"여기서는 새끼를 훔치는 어미는 없단다."

파졸이 말했다.

"이상한데."

홍당무가 말했다.

"이런 양털로 뭉쳐진 것 같은 녀석들한테도 가족을 알아보는 본능이 있다니, 어떻게 생각해야 할까? 틀림없이 코로 냄새를 맡는 거겠지?"

홍당무는 시험 삼아 어느 한 마리의 코를 막아보고 싶어졌다. 그리고 사람과 양을 자세히 비교해 보았다. 그러다가 새끼양들의 이름이 알고 싶어졌다.

새끼양들이 열심히 젖을 빨아먹고 있는 동안, 어미양들은 옆구리를 새끼양들의 코에 쿡쿡 찔리면서도 한가롭게 풀을 먹고 있다. 홍당무는 여물통의 물 속에 쇠사슬 조각이며 수레바퀴의 테며 닳아빠진 삽 같은 게 들어 있는 것을 발견했다.

"이 여물통은 더럽구나!"

홍당무가 제법 어른스럽게 말했다.

"아니, 이런 쇠붙이를 넣어서 양의 피를 보자는 건가!"

"맞았어!"

파졸이 말했다.

"너도 곧잘 알약을 먹지?"

그는 홍당무에게 그 물을 마셔보라고 했다. 물에 훨씬 더 영양가가 많아지도록 그는 닥치는 대로 뭐든지 던져넣고 있었다.

"진드기 한 마리 줄까?"

"기꺼이 받겠어. 고마워!"

홍당무는 영문도 모르고 대답했다.

파졸은 어미양의 푹신푹신한 털 속을 헤치더니 노랗고 둥글둥글하게 살찐, 피를 잔뜩 빨아먹은 큼직한 진드기 한 마리를 손톱 끝으로 잡아냈다. 파졸의 이야기로는 그만한 크기의 진드기 두 마리만 있으면 어린아이 머리쯤은 자두 먹듯 갉아먹어 버린다고 했다. 그는 그것을 홍당무의 손바닥에 놓았다. 장난치고 싶거나 울적한 마음을 달래고 싶을 때, 형이나 누나의 목이나 머리카락 속에 그 녀석을 넣어두라면서.

진드기는 꿈틀거리며 살을 물기 시작했다. 홍당무는 손가락에 싸라기눈이라도 내리듯 따끔따끔한 아픔을 느꼈다. 그 느낌은 손목 그리고 팔꿈치로 옮겨져 마치 진드기의 수가 늘어나 점점 팔에서 어깨 쪽으로 기어올라가는 듯한 기분이 되었다.

홍당무는 더 이상 참을 수 없어 그 녀석을 힘껏 쥐어서 죽여버렸다. 그리고 손을 어미양의 등에 문질러 닦았다. 파졸이 눈치채지 않도록 살며시.

잃어버렸다고 말하면 그만이지, 뭐.

한참 지났을 때, 홍당무는 차츰 조용해지는 양의 울음소리를 가만히 귀기울여 듣고 있었다. 이제 곧 천천히 움직이는 턱 사이로 풀을 씹는 둔한 소리밖에는 들리지 않겠지.

풀 시렁에 걸려 있는 무늬가 바랜 농사꾼의 외투가 홀로 양을 지키고 있는 것처럼 보였다.

대부(代父)

르피크 부인은 가끔 홍당무가 대부(代父)를 만나러 가는 것 그리고
자고 오는 것까지도 허락해 주었다. 홍당무의 대부는 성미가 까다로운
고독한 사람으로, 낚시를 하거나 포도밭을 손질하면서 나날을 보내고
있었다. 그는 아무도 사랑하지 않았다. 다만 홍당무만을 귀여워했다.

"왔구나, 이 개구쟁이!"

대부가 말했다.

"네, 아저씨."

키스도 하지 않고 홍당무가 말했다.

"내 낚싯대도 준비해 두셨어요?"

"둘이서 하나만 있으면 돼."

그러나 홍당무가 헛간문을 열어보니 자기 낚싯대도 준비되어 있었

다. 이렇게 대부는 늘 홍당무를 놀렸다.

하지만 홍당무는 그 사실을 알고 있기 때문에 절대로 화를 내지 않았다. 그의 그런 버릇이 두 사람 사이를 멀어지게 만든 일은 결코 없었다.

그가 '예스'라고 말할 때는 '노'라는 뜻이며, '노'라고 할 때는 '예스'인 것이다.

그것만 잘 알고 있으면 된다.

'아저씨가 이런 걸로 재미를 삼고 있다면, 나는 아무래도 괜찮아.' 하고 홍당무는 생각했다. 그래서 두 사람은 늘 의좋은 친구였다.

대부는 언제나 일주일에 한 번씩 일주일분의 식사를 만들어두는 습관이 있었다.

오늘은 홍당무를 위해서 완두콩을 큰 라드 덩어리와 함께 넣어 커다란 냄비에 끓여주었다. 그리고 하루의 일을 시작하기 전에 진한 포도주 한 잔을 억지로 홍당무에게 먹였다.

그런 다음, 두 사람은 낚시를 하러 갔다.

대부는 강가에 앉아서 낚싯줄을 날렵하게 풀어갔다. 그는 놀랄 만큼 긴 낚싯대의 손잡이를 무거운 돌로 눌러놓고 큰 고기만 낚아올렸다. 그리고 낚은 물고기를 그늘에 펼쳐둔 수건으로 갓난아기처럼 감싸주었다.

"주의해 두는데……."

대부가 홍당무에게 말했다.

"낚시찌가 세 번 가라앉기 전에는 낚싯대를 올리면 안 돼."

홍당무 : 어째서 세 번이에요?

대부 : 맨 처음은 아무것도 아니야. 물고기가 툭툭 쳐보는 것뿐이지. 두 번째는 진짜지. 먹이를 삼킨 거야. 세 번째는 틀림없지. 도망치려고 해도 꼼짝 못하거든. 아무리 천천히 끌어당겨도 문제없단 말이야.

홍당무는 망둥이를 잡는 것이 더 재미있었다. 구두를 벗고 물 속에 들어가 발로 모래 바닥을 휘저어서 물을 흐려놓는다. 그러면 바보 같은 망둥이가 얼른 몰려왔다. 홍당무는 낚싯대를 던질 때마다 한 마리씩 낚아 올렸다. 대부에게 큰소리로 일일이 알릴 틈도 없을 정도였다.

"열여섯, 열일곱, 열여덟……."

대부는 해가 머리 위에 왔을 때 점심을 먹으러 돌아가자고 했다. 그는 홍당무에게 흰 완두콩을 배불리 먹였다.

"이렇게 맛있는 건 없어."

대부가 말했다.

"하지만 난 삶은 게 더 좋아. 딱딱한 완두콩을 씹으면 마치 자고새의 날개 속에 박힌 탄알처럼 이빨에 끼거든. 그런 것을 먹을 바에는 차라리 곡괭이의 쇠 끝을 깨무는 편이 낫지."

홍당무 : 이건 정말 입 안에서 슬슬 녹는걸. 엄마가 늘 만들어주시는

것도 맛이 없지는 않지만, 요즘은 맛이 없어졌어요. 틀림없이 크림을 아껴서 그럴 거야.

대부 : 얘, 네가 잘 먹는 걸 보니 즐겁구나. 엄마 앞에서는 틀림없이 배부르게 먹지 못할 테지?

홍당무 : 모든 것이 엄마의 식욕에 달렸어요. 엄마가 배고프면 엄마 배가 부를 때까지 먹게 해줘요. 엄마는 자기 접시에 담을 때, 나한테도 덤으로 주니까요. 엄마가 '이제 그만' 하면 저도 그만 일어서는 거예요.

대부 : 더 달라고 말하려무나, 바보 같으니.

홍당무 : 말하기는 쉽지요. 하지만 아저씨, 배는 언제나 약간 덜 차는 게 좋은 거예요.

대부 : 나한테 자식은 없지만 원숭이 엉덩이라도 핥아주겠다. 만약에 그 원숭이가 내 자식이라면 말이야. 이런 기분 알겠지?

두 사람은 그날의 일과를 포도밭에서 끝냈다. 홍당무는 대부 아저씨가 땅을 파는 것을 바라보면서 한 걸음 한 걸음 그 뒤를 따라가기도 하고, 포도 덩굴 위에 누워 하늘을 쳐다보며 버드나무의 새순을 씹기도 했다.

샘터

홍당무는 대부와 함께 잤는데, 잠자리가 편하지 않았다. 방안은 추웠지만—털이불은 대부의 늙은 손발에는 부드럽고 기분이 좋은 듯했으나—홍당무는 곧 땀에 흠뻑 젖었다. 하지만 어쨌든 엄마 곁을 떠나서 잘 수 있게 된 셈이다.

"엄마가 그렇게도 무서우냐?"

대부가 물었다.

홍당무 : 그렇다기보다 엄마한테는 제가 그다지 무섭지 않나 봐요. 엄마가 형을 때리려고 하면, 형은 빗자루의 손잡이에 올라타고 엄마 앞에서 버티는 거예요. 그러면 엄마는 그것으로 그만이에요. 그래서 엄마는 형을 정으로 다스리려고 해요. 엄마도 말해요. 홍당무는 때려야 하

지만, 펠릭스는 감수성이 예민하기 때문에 때려서는 안 된다고요.

대부 : 너도 빗자루로 시험해 보았더라면 좋았을 텐데.

홍당무 : 아아! 그럴 수만 있다면 얼마나 좋겠어요! 형과 나는 곧잘 싸움을 하곤 해요. 진짜로 할 때도 있고, 장난으로 할 때도 있지만 말이에요. 저는 펠릭스 형하고 맞먹을 만큼 힘이 세요. 그래서 형처럼 맞지 않고 막아낼 수도 있어요. 하지만 제가 엄마를 상대로 빗자루를 들기라도 한다면 엄마는 틀림없이 제가 빗자루를 갖다주는 것으로 알 거예요. 빗자루는 대부분 제 손에서 엄마 손으로 건네지거든요. 그래서 틀림없이 엄마는 저를 때리기 전에 고맙다고 말할 거예요.

대부 : 자아, 얘야, 그만 자자!

둘 다 잠이 오지 않았다. 홍당무는 이리 뒤척 저리 뒤척 잠을 이루지 못하고 숨이 답답해서 허덕였다. 대부 아저씨는 그것을 측은하게 여겼다.

홍당무가 깜박 잠이 들려고 했을 때, 대부가 별안간 그의 팔을 잡았다.

"아, 거기 있었구나."

대부가 말했다.

"꿈을 꾸었단다. 네가 아직도 샘터에 있는 것으로 생각했지. 너는 그 샘터를 기억하고 있니?"

홍당무 : 아주 똑똑하게 기억하고 있어요. 아저씨, 따지는 건 아니지

160

만, 그 이야기는 벌써 여러 번 들었어요.

대부 : 애야, 가엾게도 나는 그때 일을 생각하면 곧 온몸에 소름이 돋는단다. 나는 풀밭에서 자고 있었어. 너는 샘터에서 놀고 있었지. 그러다가 미끄러져 샘물 속으로 빠지고 말았어. 너는 소리를 지르면서 발버둥을 쳤지. 그런데 딱하게도 나는 아무 소리도 듣지 못했단다. 물은 고양이가 빠질 정도도 못 되었는데 너는 일어서지 못했어. 그게 탈이었단 말이야. 너는 일어설 생각조차 못했었니?

홍당무 : 샘물에 빠져서 무슨 생각을 했는지 그런 걸 어떻게 기억하고 있어요?

대부 : 네가 물장구를 치는 소리에 겨우 잠이 깼지. 그래도 늦지 않아서 다행이었어. 애야, 가엾게도 너는 펌프처럼 물을 토했단다. 난 옷을 갈아입혔지. 베르나르의 나들이옷을 말이야.

홍당무 : 네, 그 옷은 말털로 만들어서 따끔따끔했어요. 온몸이 쓰라렸지요.

대부 : 아니야. 하지만 베르나르는 너한테 빌려줄 만한 깨끗한 속옷이 없었단다. 지금은 웃으며 이야기할 수 있지만, 1초만 늦었더라도 내가 끌어올렸을 때 넌 죽었을 거야.

홍당무 : 지금쯤은 먼 곳에 있겠지요.

대부 : 방정맞은 소리 말아라. 하긴 나도 공연한 말을 했구나. 하지만 그때부터 나는 하룻밤도 편히 자본 적이 없단다. 이것이 천벌이겠지. 마땅한 벌이야.

홍당무 : 하지만 아저씨, 저는 그런 벌은 안 받아도 돼요. 졸려서 죽겠

는걸요.

　대부 : 그래, 자거라. 애야, 잘 자거라.

　홍당무 : 제가 자기를 바란다면, 아저씨, 이 손을 좀 놔주세요. 한숨 자고 나면 되돌려줄게요. 그리고 다리도 치워주세요. 누군가의 살이 닿으면 털이 까칠까칠해서 잠을 못 자거든요.

살구

두 사람은 한참 동안 잠을 못 이룬 채 털이불 속에서 뒤척거리고 있었다. 대부가 말했다.

"애, 잠들었니?"

홍당무: 아뇨.

대부: 나도 그렇구나. 차라리 일어나자. 어떠냐, 지렁이라도 잡으러 갈까?

"그게 좋겠군요."

홍당무가 말했다.

둘은 침대에서 뛰어내려 옷을 입었다. 그리고 초롱에 불을 켜 들고 마당으로 나갔다.

홍당무는 초롱을 들고, 대부는 진흙을 절반쯤 담은 깡통을 들고 있었다. 그는 그 깡통에 낚시에 쓸 지렁이를 담은 다음 그 위에 젖은 이끼를 덮어두었다. 그렇게 해두면 지렁이는 절대로 달아나지 못했다. 온종일 비가 내리는 날이면 수확이 많았다.

"밟지 않도록 조심하거라."

대부가 홍당무에게 말했다.

"살며시 걷는 거야. 감기만 안 걸린다면 운동화를 신고 오는 건데. 조금만 소리가 나도 지렁이는 구멍 속으로 들어가 버린단다. 지렁이란 놈은 구멍에서 아주 멀리 떨어져 있을 때가 아니면 잡기가 어려워. 얼른 잡아서 약간 힘을 주어 쥐고 있지 않으면 안 돼. 미끄러져 빠져나가지 못하게 말이야. 절반쯤 구멍 속으로 달아난 놈은 놓아 주거라. 몸뚱이가 잘라지거든. 잘라진 지렁이는 아무짝에도 쓸모가 없단다. 다른 놈까지 썩게 만드니까. 더구나 예민한 물고기는 그런 건 거들떠보지도 않아. 어떤 낚시꾼은 지렁이를 아끼지만, 그건 잘못된 거야. 살아 있는 놈으로, 물 속에서 몸을 움츠리는 지렁이를 통째로 쓰지 않으면 싱싱한 물고기를 낚을 수가 없단다. 물고기는 지렁이가 도망치는 줄 알고 쫓아가지. 그리고는 마음놓고 덥석 삼켜버려."

"전 실수만 하는걸요."

홍당무가 투덜거렸다.

"그놈들의 더러운 침 때문에 손가락이 이렇게 더러워졌잖아."

대부 : 지렁이는 더러운 게 아니야. 세상에서 가장 깨끗하단다. 흙밖에 먹지 않으니 몸을 꾹 눌러보면 나오는 것은 흙뿐이지. 나는 먹기도 하는걸.

홍당무 : 그럼 제 것도 아저씨한테 드릴 테니 잡숴보세요.

대부 : 이놈은 너무 큰데. 우선 불에 구워서 빵에 발라야지. 하지만 작은 놈이라면 날걸로도 먹지. 살구나무에 붙어 있는 벌레 정도라면.

홍당무 : 네, 알고 있어요. 그래서 우리 집 식구들이 아저씨를 싫어하는군요. 엄마는 특히 더 그래요. 아저씨를 생각하기만 해도 속이 언짢아지신대요. 하지만 저는 아저씨가 하는 일에 찬성이에요. 흉내는 안 내겠지만 말이에요. 왜냐하면 아저씨는 잔소리도 안 하고 우리는 서로 잘 통하니까요.

홍당무는 초롱을 치켜들고 살구나무 가지를 당겨서 열매를 몇 개 땄다. 좋은 것은 제 몫으로 떼어놓고 벌레 먹은 것을 대부에게 주었다. 대부는 한 입에 씨까지 통째로 삼키고는 이렇게 말했다.

"이놈이 가장 맛있는데."

홍당무 : 저도 언젠가는 그렇게 할 거예요. 아저씨처럼 그런 것을 먹겠어요. 다만 냄새가 나서 키스해 줄 때 엄마가 알아차릴까 봐 걱정이에요.

"냄새는 무슨 냄새?"

대부가 물었다. 그리고 홍당무의 얼굴에 입김을 불었다.

홍당무 : 정말 담배 냄새밖에는 안 나네요. 하지만 너무했어요, 아저씨. 담배 냄새로 숨이 막힐 것만 같아요. 그렇지만 전 아저씨가 좋아요. 담배만 피우지 않는다면 어느 누구보다도 훨씬 더 아저씨가 좋아질 텐데.

대부 : 꼬마야, 그런 소리 말아라. 이건 몸에 좋은 거야.

마틸드

"엄마."

에르네스틴이 숨을 헐떡거리며 달려와서 르피크 부인에게 일러바쳤다.

"홍당무가 또 목장에서 마틸드와 신랑각시놀이를 하고 있어요. 펠릭스는 둘에게 옷을 입혀주고 있고요. 하지만 분명히 그런 짓을 해서는 안 되지요?"

과연 목장에서는 조그만 마틸드가 흰 꽃이 핀 사위질빵 덩굴을 옷처럼 두르고 얌전하게 서 있었다. 한껏 멋을 부린 마틸드는 오렌지 화관을 쓴 신부와 똑같다. 게다가 한평생 배앓이를 모두 고칠 만큼 많은 오렌지 가지를 온몸에 매달고 있었다.

그런데 이 사위질빵 덩굴은 먼저 머리 위에서 관 모양을 이룬 다음 턱밑, 등, 두 팔을 따라 축 늘어져 있었다. 서로 얽히면서 허리에 휘감겼다가 마침내 땅바닥으로 처졌다. 그것을 펠릭스가 극성스럽게 펼쳐놓았다.

펠릭스는 뒷걸음질치면서 말했다.

"이제 움직이면 안 돼! 자, 홍당무 차례다."

이번에는 홍당무가 신랑 차림을 했다. 역시 사위질빵 덩굴을 잔뜩 감았는데, 군데군데 양귀비꽃, 스넬르꽃, 노란 민들레꽃이 산뜻한 색깔을 자랑하고 있었다. 마틸드와 구별하기 위해서였다. 홍당무는 웃지도 않았다. 세 사람 모두 아주 진지했다. 모두가 어떤 의식에 어떤 모양이 어울리는지 잘 알고 있었다. 장례식에서는 처음부터 끝까지 슬픈 표정을, 또 결혼식에서는 미사가 끝날 때까지 엄숙한 얼굴을 하고 있어야 했다. 그렇게 하지 않으면 어떤 놀이건 재미가 없어진다.

"서로 손을 잡고!"

펠릭스가 말했다.

"앞으로 사뿐히, 사뿐히 걸어가!"

두 사람은 조금 떨어져 나란히 보통 걸음걸이로 걷는다. 앞자락의 사위질빵이 서로 얽히자, 마틸드는 앞자락을 걷어올려 그것을 손가락으로 풀었다. 그동안 홍당무는 한쪽 발을 든 채 다정스럽게 신부를 기다렸다.

펠릭스는 두 사람을 목장 이곳저곳으로 끌고 다니면서 양팔을 휘둘러 박자를 맞추었다. 마치 읍장이라도 된 것처럼 두 사람에게 축하 인사도 하고, 신부님처럼 축복하기도 했다. 그러고는 또 두 사람의 친구인 듯 축사를 하고, 그것이 끝나자 바이올리니스트가 되어 두 개의 막대기를 비벼대며 끽끽 소리를 냈다.

펠릭스는 두 사람을 여기저기 쉴새없이 끌고 다녔다.

"잠깐!"

펠릭스가 말했다.

"화관이 비뚤어졌어."

그리고 마틸드의 화관을 손바닥으로 탁탁 치고는 곧 또다시 나란히 서게 한 다음 이리저리 끌고 다녔다.

"아야!"

마틸드가 얼굴을 찌푸리며 소리쳤다.

사위질빵 덩굴 한 개가 머리카락을 잡아당기고 있었다. 펠릭스는 머리카락째 그 덩굴을 뜯어냈다. 행렬은 다시 계속되었다.

"됐다! 너희들은 이제 결혼을 했어. 자, 서로 뽀뽀를 해!"

두 사람은 머뭇거렸다.

"아니, 왜 그래? 뽀뽀를 하라니까. 결혼하면 누구나 뽀뽀를 해야 하는 거야. 서로 정답게 마주 서서 뭐라고 한마디해. 말뚝 모양으로 우두커니 서 있기만 할 거니?"

펠릭스는 잘난 척하며 두 사람을 비웃었다. 틀림없이 달콤한 말을 속삭여본 경험이 있는 모양이었다. 본보기를 보이는 척하면서 펠릭스가 먼저 마틸드에게 뽀뽀를 했다.

홍당무도 대담해졌다. 얽혀 있는 사위질빵 덩굴 사이로 마틸드의 얼굴에 뽀뽀를 했다.

"장난이 아니야."

홍당무가 말했다.

"난 정말 너하고 결혼할래."

마틸드는 홍당무가 한 것처럼 뽀뽀를 했다. 그러고는 두 사람 다 어색한 듯이 얼굴이 새빨개졌다.

펠릭스는 양쪽 손 둘째손가락으로 뿔 모양을 만들어 보이면서 놀려댔다.

"야아, 빨개졌구나. 수줍은 모양이지?"

펠릭스는 두 손가락을 마주 비비고, 입술에 침을 바르면서 발을 동동 굴렀다.

"야, 이 바보들아! 진짜로 그렇게 된 줄 알고 있어."

"첫째." 하고 홍당무가 말했다.

"나는 부끄러울 게 없어. 그리고 놀리고 싶으면 놀려도 좋아. 엄마만 허락해 준다면, 내가 마틸드와 결혼하는 것을 형이 막지는 못할걸."

그러나 바로 그때 르피크 부인이 '허락할 수 없다'는 대답을 하러 왔다. 목장의 나무문을 밀어젖히며 고자질한 에르네스틴을 데리고서. 르피크 부인은 울타리 옆을 지나는 길에 마른 나뭇가지를 동여매어 놓은 가운데서 가시나무 가지를 꺾었다. 그리고 잎사귀는 떼어버리고 가시만 남겼다.

르피크 부인은 곧장 내달렸다. 마치 폭풍우와 같아서 피할래야 피할 수가 없었다.

"조심해, 회초리가 날아간다."

펠릭스가 말했다. 그러고는 목장 끝까지 달아났다. 거기라면 숨어서 엿볼 수가 있었다.

홍당무는 결코 도망치려고 하지 않았다. 그는 겁쟁이이기는 하지만 빨리 끝장을 내는 것을 좋아하는 성격이었다. 더구나 오늘은 왠지 용기가 솟아올랐다.

마틸드는 벌벌 떨면서 흐느껴 울고 있었다.

홍당무 : 무서워하지 않아도 돼. 난 우리 엄마의 성격을 잘 알고 있어. 엄마는 나한테 화를 내고 있는 거야. 꾸중은 내가 듣는 거야.

마틸드 : 그야 그렇겠지. 하지만 네 엄마가 우리 엄마한테 이를 거야. 그렇게 되면 난 엄마한테 매를 맞는단 말이야.

홍당무 : 매를 맞는 것이 아니라, 버릇을 고쳐준다고 말해야지. 마치 여름 방학 숙제를 선생님이 고쳐주는 것과 같이 말이야. 너희 엄마도 네 버릇을 고쳐주니?

마틸드 : 가끔, 경우에 따라서야.

홍당무 : 난 늘 그래.

마틸드 : 하지만 난 잘못한 게 없어.

홍당무 : 그런 건 아무래도 좋아. 자, 조심해라.

르피크 부인이 다가왔다. 이젠 두 사람을 붙잡은 것이나 다름없었다. 시간은 넉넉했다. 르피크 부인은 걸음을 멈추었다. 르피크 부인이 두 사람에게 바짝 다가서자, 에르네스틴은 회초리가 자기 쪽으로 잘못 날아올까 두려워 곧 무대 중심이 될 장소의 경계선 근처에서 멈추어 섰다. 홍당무는 '신부' 앞을 가로막고 섰다. '신부'는 더욱 흐느껴 울었다. 사위질빵 덩굴의 흰 꽃이 흐트러졌다. 르피크 부인이 가느다란 회초리를 번쩍 쳐들고 막 후려갈기려는 순간, 홍당무는 파랗게 질려서 팔짱을 끼고 목을 움츠렸다. 매를 얻어맞기도 전에 벌써 허리가 화끈거리고 종아리가 따끔거렸다. 그런데도 홍당무는 기세등등하게 소리쳤다.

"이런 걸 가지고 뭘 그러세요? 장난으로 그랬는데요!"

금고(金庫)

이튿날, 홍당무를 만나자 마틸드가 말했다.

"너희 엄마가 우리 엄마한테 모두 말했단다. 그래서 난 엉덩이를 많이 맞았어. 너는 어땠니?"

홍당무 : 난 어땠는지 다 잊어버렸는걸. 하지만 네가 맞을 까닭은 없잖아? 우리는 아무 잘못도 저지르지 않았는데.

마틸드 : 정말 그래.

홍당무 : 분명히 말하지만, 너하고 결혼해도 좋다고 말한 건 사실이었어.

마틸드 : 나도 너하고라면 정말 결혼해도 좋아.

홍당무 : 내가 너를 깔보아도 이상할 것은 없어. 왜냐하면 너희 집은

가난하고 우리 집은 부자니까. 하지만 걱정하지 마. 난 너를 존경하고 있으니까.

마틸드 : 부자라고? 돈이 얼마나 많은데?

홍당무 : 우리 집에는 적어도 1백만 프랑은 있단다.

마틸드 : 1백만 프랑이 얼마나 되는데?

홍당무 : 무지무지하게 많지. 백만장자가 되면 아무리 써도 가지고 있는 돈을 다 쓰지 못해.

마틸드 : 우리 집에는 돈이 조금도 없다고 아빠와 엄마가 늘 한탄하고 있단다.

홍당무 : 그거야 우리 집도 마찬가지지. 누구나 남에게 동정을 받으려고 괜히 그러는 거야. 특히 시기심이 많은 사람들의 비위를 맞추려고 말이야. 하지만 우리 집이 부자라는 걸 난 다 알고 있어. 매달 초하루만 되면 우리 아빠는 한참 동안 혼자서 자기 방에 틀어박혀 있단다. 그러면 금고 열리는 소리가 들리지. 아빠는 아무도 알아들을 수 없는 말을 혼자서 중얼거린단다. 엄마도 형도 누나도 아무도 몰라. 알고 있는 건 아빠뿐이야. 그러고는 끼익 하며 금고가 열리고 아빠는 돈을 꺼내 그걸 부엌 식탁 위에 갖다놓는 거야. 아무 소리도 하지 않고 그저 돈을 짤랑짤랑 울려서 아궁이 앞에서 일하고 있는 엄마한테 알리지. 아빠가 밖으로 나가면 엄마는 돌아서서 얼른 돈을 거두어가시는 거야. 매달 그래. 벌써 오래전부터 그렇게 하고 있는걸. 금고 속에 1백만 프랑 이상이 있는 건 틀림없단 말이야.

마틸드 : 그래서 금고를 열 때 뭐라고 하니, 응? 뭐라고 하셔?

홍당무 : 묻지 마. 물어봐도 소용없어. 우리가 결혼하면 가르쳐줄게. 네가 무슨 일이 있어도 남에게 말하지 않겠다고 약속해 준다면 말이야.

마틸드 : 지금 당장 가르쳐줘. 절대로 아무한테도 말하지 않겠다고 약속할게.

홍당무 : 그건 안 돼. 아빠와 나만의 비밀인걸.

마틸드 : 너도 모르지? 알고 있다면 왜 말을 못하니?

홍당무 : 미안하지만, 알고 있습니다요.

마틸드 : 모르는 거야. 그래, 모른단 말이야. 아아, 꼴 좋다.

"그럼 내기하자."

홍당무가 정색을 하고 말했다.

"무슨…… 내기?"

홍당무의 물음에 마틸드가 주춤했다.

"내가 만지고 싶은 데를 만지게 해줘."

홍당무가 말했다.

"그렇게 하겠다면 가르쳐줄게."

마틸드는 홍당무의 얼굴을 빤히 쳐다보았다. 무슨 말인지 잘 못 알아들은 모양이었다. 마틸드는 잿빛 눈을 실처럼 가늘게 떴다. 알고 싶은 것이 하나에서 둘로 늘어난 셈이었다.

"먼저 그 말을 가르쳐줘, 홍당무."

홍당무 : 가르쳐주면 내가 만지고 싶은 데를 만져도 된다고 맹세해.

마틸드 : 엄마가 함부로 맹세하면 안 된다고 하셨는데.

홍당무 : 그럼 안 가르쳐줄 테야.

마틸드 : 좋아, 이제 안 가르쳐줘도 괜찮아. 그 말이 뭔지 알았단 말이야. 벌써 다 알았어.

홍당무는 초조해져서 자신도 모르게 서둘렀다.

"이봐, 마틸드. 네가 뭘 안다고 그러니? 하지만 맹세하겠다면 가르쳐줄게. 아빠가 금고를 열 때 하는 말은 '얼빠진 놈아!' 야. 자, 이제 만져봐도 되지?"

"얼빠진 놈아! 얼빠진 놈아!"

마틸드가 말했다. 비밀을 알아낸 기쁨과 그것이 엉터리가 아닌가 하는 걱정으로 마틸드는 잠시 주춤거렸다.

"나를 놀리고 있는 건 아니겠지?"

홍당무가 대꾸도 하지 않고 한쪽 손을 내밀며 다가오자 마틸드는 달아났다. 그녀가 킥킥거리며 웃고 있는 소리가 홍당무의 귀에 들렸다.

마틸드의 모습이 사라지자, 뒤에서 놀려대는 소리가 들렸다. 홍당무는 뒤돌아보았다. 마구간의 들창에서 하인이 얼굴을 내밀고 잇몸을 드러내며 웃고 있었다.

"다 봤다, 홍당무."

하인이 소리쳤다.

"네 엄마한테 모두 말해 버릴 테다."

홍당무 : 장난한 거예요, 피에르 아저씨. 그 아이를 속이려고 한 거라고요. '얼빠진 놈아!' 라고 말한 건 내가 엉터리로 꾸며낸 말이었어요. 사실은 난들 아나, 뭐.

피에르 : 걱정 마라, 홍당무. '얼빠진 놈아!' 같은 건 아무래도 괜찮아. 다른 일을 말하겠단 말이야.

홍당무 : 다른 일이라뇨?

피에르 : 홍당무, 넌 나이치고는 제법 능란하던데. 하지만 단단히 각오해라. 오늘 밤엔 네 귀가 찢어질 만큼 비틀릴 테니.

홍당무는 뭐라고 변명할 말이 없었다. 그는 타고난 빨간 머리가 무색할 만큼 얼굴을 붉히며 멀어져갔다. 두 손을 주머니에 넣고 코를 훌쩍이면서 비실비실 물러간 것이다.

올챙이

홍당무는 마당 한복판에서 혼자 놀고 있었다. 한복판에 있으면 르피크 부인이 창문으로 감시할 수 있기 때문이었다. 홍당무는 얌전하게 노는 연습을 하고 있었다. 그런데 그때 친구인 레미가 나타났다. 레미는 같은 또래의 남자아이인데, 절름발이인데도 그는 언제나 달음박질을 하고 싶어했다.

그러나 절름거리는 왼쪽 다리가 오른쪽 다리 뒤에 질질 끌릴 뿐, 도저히 상대방을 따라가지 못했다.

레미가 손에 소쿠리를 들고 말했다.

"안 갈래, 홍당무? 아빠가 강에 그물을 치고 있어. 아빠 심부름을 가면서 소쿠리로 올챙이를 건지는 거야."

"우리 엄마한테 물어봐."

홍당무가 말했다.

레미 : 왜 내가 물어봐야 하니?
홍당무 : 내가 물어보면 허락을 안 해주니까 그렇지, 뭐.

바로 그때 르피크 부인이 창가에 나타났다.
"아주머니."
레미가 르피크 부인에게 물었다.
"홍당무와 함께 올챙이를 잡으러 가도 괜찮아요?"
르피크 부인은 유리창에 귀를 바싹 갖다댔다. 레미는 큰소리로 되풀
이해서 말했다. 그제야 무슨 말인지 알아챈 르피크 부인이 뭐라고 말
하는 것이 보였다. 그러나 두 아이의 귀에는 아무 말도 들리지 않아 서
로 얼굴을 쳐다보면서 머뭇거렸다. 그러자 르피크 부인이 머리를 절레
절레 흔들었다. 분명히 '안 된다'는 신호였다.
"안 된대."
홍당무가 말했다.
"아무래도 곧 나한테 심부름을 시키려나 봐."

레미 : 그럼 어쩔 수 없구나. 아주 재미있는데……. 못 가는 거지? 안
된단 말이지?
홍당무 : 그러지 말고 우리 여기서 놀자.

레미 : 싫어. 올챙이 잡는 게 훨씬 더 재미있단 말이야. 오늘은 날씨도 따뜻하니까 소쿠리로 마냥 건져낼 거야.

홍당무 : 잠깐만 더 기다려봐. 엄마는 언제나 처음에는 안 된다고 말하지만, 나중에는 곧잘 생각이 바뀌니까 말이야.

레미 : 그럼 15분만 기다릴게. 그 이상은 안 돼.

둘은 그 자리에 선 채 손을 주머니에 넣고는 시치미를 떼고 계단 쪽을 유심히 바라보았다. 잠시 뒤, 홍당무가 팔꿈치로 레미를 쿡 찔렀다.

"어때, 내가 말한 그대로지!'

마침내 문이 열리며 르피크 부인이 계단을 내려왔다. 홍당무에게 줄 소쿠리를 손에 들고 있었다. 그러나 르피크 부인은 수상쩍은 눈을 하고 멈춰 섰다.

"아니, 아직 여기 있었니, 레미? 벌써 간 줄 알았는데. 아빠한테 말씀 드려야겠다. 여기서 빈둥거리고 있었다고 말이야. 틀림없이 야단을 맞을 거야."

레미 : 아줌마, 하지만 홍당무가 기다리라고 하는 걸 어떡해요.

르피크 부인 : 뭐? 그게 정말이냐, 홍당무?

홍당무는 이렇다저렇다 말이 없었다. 어떻게 해야 좋을지 몰라서 시치미를 떼고 있기로 작정한 것이다. 홍당무는 르피크 부인의 성격을 속속들이 알고 있었다. 이번에도 어머니의 속셈을 빤히 들여다보고 있는 셈이었다. 그런데 레미가 일을 망쳐놓았기 때문에, 홍당무는 이제 될 대로 돼라 하는 마음으로 발밑의 풀을 지그시 밟으며 얼굴을 돌리고 말았다.

"하지만 말이야, 나는 한 번 말한 것을 뒤집어본 적이 없단다."

르피크 부인은 그 말 외에는 아무 말도 하지 않고 내려왔던 계단을 다시 올라갔다. 홍당무가 올챙이를 잡으러 가지고 갈 소쿠리를 그대로 손에 든 채. 일부러 호두를 비우고 가지고 온 소쿠리였는데.

레미는 이미 멀찍이 가고 있었다.

르피크 부인은 거의 농담을 안 했다. 그래서 다른 두 아이들은 무척이나 조심했다. 학교 선생님만큼이나 무서워했던 것이다.

레미는 저쪽 강을 향해 아주 빠른 속력으로 달려가고 있었다. 그래서 언제나 뒤에 처지는 그 왼쪽 다리가 큰길에 한 가닥 먼지를 일으키면서 요리 냄비가 끓는 소리를 내고 있었다.

그날을 헛되이 망쳐버린 홍당무는 이제 놀고 싶은 기분도 나지 않았다. 멋지게 놀 수 있는 기회를 놓친 것이다.

홍당무는 슬슬 억울한 생각이 고개를 쳐들었다. 그리고 울화통이 터지는 것을 기다릴 뿐이었다.

홍당무는 외롭고 서글픈 기분으로 지루한 시간을 보냈다. 자기가 못나서 받게 되는 벌이라 피할 수도 없는 것이다.

극적 변화

1

르피크 부인 : 홍당무, 어딜 가려는 거냐?

홍당무 : (새 넥타이를 매고, 침을 뱉어 반들반들하게 구두를 닦고 있다.) 아빠하고 산책할 거예요.

르피크 부인 : 가면 안 돼. 알겠지? 가기만 해봐라. (오른손이 날아올 듯이 뒤로 간다.)

홍당무 : (낮은 목소리로) 알았어요.

2

홍당무 : (벽시계 옆에서 생각에 잠겨 있다.) 내가 바라는 건 뭘까? 매

를 안 맞는 것이다. 아빠는 엄마보다 덜해. 정확하게 계산해 보았단 말이야. 아빠한테는 미안하지만!

3

르피크 씨 : (홍당무를 귀여워하고 있기는 하지만 전혀 돌봐주지 못한다. 일이 바빠서 언제나 시간에 쫓기고 있기 때문이다.) 자, 가 볼까!

홍당무 : 안 갈래요, 아빠.

르피크 씨 : 왜, 가기 싫으냐?

홍당무 : 가고 싶어요. 하지만 안 돼요.

르피크 씨 : 까닭을 말해 봐라. 왜 그러지?

홍당무 : 아무것도 아니에요. 그냥 집에 있을래요.

르피크 씨 : 아아, 그렇군. 또 그 변덕이 시작된 게로구나. 아무튼 넌 당해 낼 수가 없는 아이다. 너한테는 정말 두 손 다 들었어. 언제는 가고 싶다고 졸라대더니, 또 가고 싶지 않다니……. 그래, 집에 있거라. 네 마음대로 울상이 되어서 말이다.

4

르피크 부인 : (부인은 언제나 문 옆에 서서 남의 말을 엿듣는 나쁜 버

릇이 있다.) 가엾게도! (징그러운 목소리로 홍당무의 머리를 쓰다듬는
척하면서 쥐어뜯는다.) 눈물이 글썽거리는구나. 그래, 아빠가…… (르
피크 씨 쪽을 살며시 본다.) 싫다는 걸 억지로 끌고 가려고 하시든? 엄
마는 그처럼 매정하게 들볶지는 않는단다. (르피크 씨 부부는 서로 등
을 돌린다.)

5

홍당무 : (벽장 안. 입 안에 두 개의 손가락을 넣고 있다. 코 안에는 손
가락 하나) 아무나 되고 싶어서 고아가 되는 것은 아니로구나.

사냥

　르피크 씨는 아들들을 번갈아 사냥에 데리고 갔다. 아들들은 약간 오른쪽으로 처져서 아버지의 뒤를 따라갔다. 총 끝을 피하기 위해서였다. 그리고 사냥감을 등에 짊어지고 갔다. 르피크 씨는 지칠 줄 모르는 튼튼한 다리를 가졌다. 홍당무는 불평도 하지 않고 기를 쓰고 아버지 뒤를 쫓아갔다. 구두가 꽉 끼어 아프지만 한마디도 입 밖에 내지 않았다. 홍당무는 손가락이 끊어질 것 같았고, 발가락 끝이 부풀어올라 마치 자그마한 망치같이 되었다.

　맨 처음 사냥에서 토끼라도 잡으면 르피크 씨는 이렇게 말했다.

　"이건 가까운 농가에 맡겨두거나, 울타리 속에 숨겨두었다가 저녁 때 가지고 가는 게 좋겠지?"

　"아니에요, 아빠. 제가 가지고 다니겠어요."

그래서 홍당무는 온종일 토끼 두 마리와 자고새 다섯 마리를 짊어지고 다니는 경우도 있었다. 홍당무는 손수건을 사냥 망태기의 끈 밑에 넣어 끈이 어깨에 직접 닿지 않도록 함으로써 아픔을 덜어보기도 했다. 그리고 누군가를 만나면 자랑스럽게 등을 돌려 사냥감을 보여주었다. 그러는 동안에는 잠시 무거운 느낌을 잊을 수 있었다.

그러나 사냥도 싫증이 났다. 특히 한 마리도 못 잡았을 때는 허영심이니 뭐니 다 없어지고 그저 힘들기만 했다.

르피크 씨는 가끔 이렇게 말했다.

"여기서 기다리고 있거라. 저 밭을 훑어보고 오마."

그러면 홍당무는 혼자서 속을 태우며 햇빛 아래 가만히 서 있곤 했다. 그러고는 아버지의 행동을 지켜보았다. 아버지는 이곳에서 저곳으로 흙덩이를 밟아가며 마치 쇠스랑으로 땅을 고르듯이 샅샅이 뒤지고 다녔다. 총대로 울타리며 덩굴이며 엉겅퀴 같은 것을 후려갈기기도 했다. 그러는 동안에 사냥개 피람까지도 지칠 대로 지쳐 그늘을 찾아 잠깐 누워서 혓바닥을 쑥 내놓고는 헐떡거렸다.

'저런 데 뭐가 있을까 봐……'

홍당무는 속으로 중얼거렸다.

'마음대로 후려갈겨 봐요. 쐐기풀이나 때려눕히며 이리저리 뒤져보세요. 만일 내가 풀잎이 덮인 구덩이에 굴을 파놓고 있는 토끼라면, 이런 더위 속을 무엇 때문에 뛰어다니겠어?'

이렇게 홍당무는 속으로 르피크 씨를 원망했다.

르피크 씨는 또 다른 밭의 울타리를 뛰어넘어 옆에 있는 말먹이풀밭을 뒤졌다. 이번에야말로 토끼 두세 마리쯤은 있으려니 단단히 점을 찍고 있는 것이다.

'아빠는 기다리라고 말했지만······.' 하고 홍당무는 중얼거렸다.

'이쯤 되면 쫓아가야지. 시작이 나쁜 날은 끝까지 엉망이거든. 달려라, 땀에 흠뻑 젖어서 말야. 개가 녹초가 되고 내가 쓰러진들 상관 있나? 어차피 결과는 우두커니 앉아서 기다리는 것과 마찬가지니까. 오늘 밤엔 틀림없이 빈손으로 돌아가게 될 거야.'

왜냐하면 홍당무는 미신을 꽤 믿는 순진파였기 때문이다.

'홍당무가 모자의 가장자리를 만질 때마다' 피람은 사냥감을 발견하여 털을 곤두세우고, 꼬리를 번쩍 쳐들고는 우뚝 섰다. 르피크 씨는 엽총의 개머리판을 어깨에 메고는 발소리를 죽여 살금살금 사냥감에게 다가갔다. 홍당무는 멈춰 선 채 꼼짝하지 않았다. 솟구쳐오르는 감동으로 숨이 막힐 것만 같았던 것이다.

'홍당무가 모자를 벗는다.' 그러면 자고새가 날거나, 토끼가 불쑥 튀어나왔다. 그리고 홍당무가 '다시 모자를 쓰거나, 모자를 들고 경례를 하는 흉내를 내면' 르피크 씨는 실수를 하거나, 용케 맞히거나 했다.

이 방법이 백이면 백 다 들어맞는 게 아니라는 것을 홍당무도 잘 알고 있었다. 너무 자주 되풀이하면 효과가 없어졌다. 운명의 여신도 똑같은 신호에 그때마다 대답하는 데 싫증을 내기 때문이다. 그래서 홍당무는 적당히 간격을 두고 가끔 써먹으면 그런대로 효과가 있다고 여기고 있었다.

"쏘는 것을 보았느냐?"

르피크 씨가 아직 체온이 따뜻한 토끼를 번쩍 쳐들어서 블론드 빛의 배를 눌러 마지막 똥을 짜내며 물었다.

"왜 웃지?"

"아빠가 이놈을 잡은 게 제 덕분이니까 그렇죠."

홍당무가 말했다.

홍당무는 이번에도 제대로 된 것이 자랑스러워서 침착하게 자기의 비밀 방법을 설명했다.

"너는 진심으로 그런 말을 하는 거냐?"

르피크 씨가 물었다.

홍당무 : 아니에요.. 늘 들어맞는다고는 할 수 없어요. 하지만…….

르피크 씨 : 그래, 알았으니 입 다물어라! 바보 같으니라고. 나는 네가 머리 좋은 아이라는 평판을 잃는 걸 원치 않는다. 다른 사람들 앞에서는 그런 말을 안 하는 게 좋을 거야. 비웃음을 살 뿐이니까. 그런데 너는 나를 놀리는 게 아니냐?

홍당무 : 아니에요, 아빠. 하지만 아빠 말이 맞아요. 죄송해요, 전 아직도 철이 덜 들었나 봐요.

파리

사냥은 여전히 계속되었다. 홍당무는 뉘우쳤다는 뜻으로 어깨를 움츠렸다. 자신이 바보처럼 여겨져 마음이 아팠다. 그런데도 다시 기운을 내어, 새로운 마음으로 아버지 뒤를 바싹 따라갔다. 르피크 씨가 왼쪽 발로 디딘 곳을 열심히, 조금도 어김없이 왼쪽 발로 디디려니 몹시 바빴다. 홍당무는 마치 식인종에게 쫓기는 것처럼 다리를 넓게 벌리고 걸었다. 오디며 돌배며 산사나무의 열매를 딸 때만 쉬었다. 산사나무의 열매를 먹으면 하얗게 말랐던 입술이 본디의 붉은 빛으로 되돌아가고, 갈증도 사라졌다. 홍당무가 짊어지고 있는 망태기 속에는 코냑이 한 병 들어 있었다. 한 모금씩 마시다 보니 홍당무 혼자서 거의 다 먹어버렸다. 르피크 씨는 사냥에 열중해서 한 모금 달라는 말을 잊어버렸기 때문이었다.

"아빠, 한 모금 드릴까요?"

그러나 바람결에 돌아오는 대답은 '필요 없어.' 라는 말뿐이었다. 홍당무는 방금 권했던 한 모금을 마저 마시고는 병을 비웠다. 그리고 비틀거리면서 다시 아버지의 뒤를 쫓아가다 갑자기 멈춰 서서 귀에 손가락을 넣어 힘껏 후볐다. 홍당무는 그 귀로 무언가 들어보려는 듯이 르피크 씨에게 소리쳤다.

"아빠, 귓속에 파리가 들어갔나 봐요."

르피크 씨 : 꺼내면 되잖니?

홍당무 : 안으로 쑥 들어갔어요. 손가락이 안 닿는걸요. 윙윙거리는 소리가 들려요.

르피크 씨 : 내버려둬, 저절로 죽을 테니까.

홍당무 : 하지만 아빠, 혹시 알이라도 낳거나 집을 지으면 어떻게 하지요?

르피크 씨 : 손수건을 쑤셔넣어서 죽여버리려무나.

홍당무 : 코냑을 넣어서 빠져 죽게 해볼까요? 그래도 괜찮겠어요?

"아무거나 네 마음대로 넣어보렴."

르피크 씨가 소리쳤다.

"하지만 빨리 하거라."

홍당무는 병 주둥이를 귀에 대고 빈 병을 다시 흔드는 척했다. 르피크 씨가 갑자기 술을 달라고 할 때를 대비해서 미리 잔꾀를 부린 것이

190

다.

얼마 뒤, 홍당무는 달리면서 쾌활하게 외쳤다.

"아빠, 이젠 파리 소리가 안 들려요. 틀림없이 죽었나 봐요. 그런데 그 파리 녀석이 코냑을 모두 마셔버렸어요."

첫 번째 도요새

"거기 있거라."

르피크 씨가 말했다.

"제일 좋은 사냥터니까 나는 개를 데리고 숲 속을 돌고 오마. 도요새를 몰아올 테니 삐삐 하고 우는 소리가 들리거든 귀를 기울이고 눈을 크게 뜨고 있거라. 도요새가 네 머리 위로 날아올 테니까."

홍당무는 두 팔로 엽총을 비스듬히 안고 있었다. 처음으로 도요새를 쏘게 된 것이다. 전에도 르피크 씨의 총으로 메추리를 한 마리 잡고, 자고새의 날개를 스치고, 토끼를 놓친 적이 있기는 했다. 메추리는 땅 위를 걷고 있었는데, 사냥감을 발견하고 멈춰 서 있는 개의 코앞에서 쏜 것이다. 처음에 홍당무는 잿빛을 띤 이 동그란 공 모양의 작은 새를 우두커니 바라보고만 있었다.

"뒤로 물러서거라, 너무 가깝다."

르피크 씨가 주의를 주었다.

그런데도 홍당무는 본능적으로 한 걸음 앞으로 내디뎠다. 총을 어깨에 대고 바로 옆에서 방아쇠를 당겼더니, 잿빛의 둥근 공은 땅바닥에 곤두박질치고 말았다. 메추리의 시체는 가루가 되다시피 하여 흔적도 없어지고, 다만 몇 개의 깃털과 피투성이가 된 주둥이만 남아 있을 뿐이었다.

그건 그렇고, 젊은 사냥꾼이 이름을 떨치기 위해서는 도요새를 잡지 않으면 안 된다. 오늘이야말로 홍당무의 생애에서 기념할 만한 밤이 되어야 했다.

저녁놀은 누구나 다 알고 있듯이 사람의 눈을 잘 속인다. 여러 가지 물체의 윤곽이 연기처럼 흔들렸다. 모기가 한 마리 날아와도 마치 천둥이 다가오는 것처럼 마음을 동요시켰다. 그래서 홍당무는 가슴이 두근거리며 눈앞에 다가올 그때를 애타게 기다리고 있었다.

목장에서 돌아온 한 무리의 지빠귀가 참갈매나무 사이에서 확 흩어져 둥지로 날아갔다. 홍당무는 먼저 눈에 익히기 위하여 그것을 겨누어보았다. 그리고 총대에 서리는 습기를 소매로 닦았다. 낙엽이 여기저기서 굴러다녔다.

이윽고 두 마리의 도요새가 하늘로 치솟아 올랐다. 도요새는 긴 주둥이 때문에 둔하게 날고 있었다. 새들은 빈틈없는 애정을 보이면서 서로 쫓고 쫓기며 숲 위를 빙빙 돌았다.

도요새들은 르피크 씨 말대로 삐삐 삐삐 하며 울고 있었다. 그러나 너무 희미한 소리여서, 홍당무는 과연 이쪽으로 날아올지 약간 걱정스러워 줄곧 눈을 움직였다. 그러자 머리 위를 스쳐 지나가는 두 개의 그림자가 보였다. 홍당무는 개머리판을 배에 대고 어림잡아 하늘을 향해 방아쇠를 당겼다.

두 마리의 도요새 가운데 한 마리가 주둥이를 아래로 내밀고 떨어졌다. 메아리가 숲 속 구석구석으로 무서운 총소리를 퍼뜨렸다.

홍당무는 날개가 부러진 도요새를 주워들고 자랑스럽게 흔들면서 화약 냄새를 맡았다.

피람이 르피크 씨보다 앞서서 달려왔다. 르피크 씨는 어느 때보다 꾸물거리는 것도 아니고, 그렇다고 서두르지도 않았다.

'틀림없이 깜짝 놀라실 거야.'

아버지가 칭찬해 주기를 기다리며 홍당무는 생각했다. 그러나 우거진 나뭇가지를 헤치고 나타난 르피크 씨는 덤덤한 목소리로 아직도 화약 냄새에 휩싸여 있는 아들에게 말했다.

"왜 두 마리 다 잡지 않았느냐?"

낚싯바늘

홍당무는 잡아온 물고기의 비늘을 한창 긁고 있는 중이었다. 모래무지며 잉어, 게다가 농어까지 섞여 있었다. 홍당무는 칼로 배를 갈라 두 겹으로 된 투명한 공기 주머니를 발로 밟아 터뜨렸다. 고양이에게 주기 위해 내장을 한데 모으는 것이었다. 그는 곁눈질도 하지 않고 부지런히 일하고 있었다. 거품이 일어 하얗게 된 물통 위에 기대어 일을 하면서도 홍당무는 옷을 더럽히지 않으려고 조심했다.

르피크 부인이 잠깐 살펴보러 왔다.

"수고했다."

르피크 부인이 말했다.

"오늘은 맛있는 튀김거리를 잡아왔구나. 하려고만 하면 서툰 솜씨는 아니야."

이렇게 말하고는 홍당무의 목과 어깨를 다정스럽게 쓰다듬어주었다. 그러나 손을 떼는 순간 르피크 부인은 비명을 지르고 말았다. 손가락 끝에 낚싯바늘이 박힌 것이다.

르피크 부인의 비명 소리에 에르네스틴이 달려왔다. 펠릭스도 뒤쫓아 달려왔다. 얼마 뒤, 르피크 씨도 왔다.

"어디 좀 봐요."

세 사람이 동시에 말했다.

그런데 르피크 부인은 손가락을 스커트의 양쪽 무릎 사이에 끼워넣었다. 그 바람에 낚싯바늘은 더욱 깊이 박히고 말았다. 펠릭스와 에르네스틴이 르피크 부인을 부축했다. 그러는 동안 르피크 씨는 그녀의 팔을 잡고 치켜들었다. 그래서 모두가 손가락을 볼 수 있었다. 낚싯바늘은 르피크 부인의 손가락을 꿰뚫고 꽂혀 있었다.

르피크 씨가 낚싯바늘을 빼려고 했다.

"안 돼요, 그렇게 하면!"

르피크 부인이 쉿소리를 내며 고함을 쳤다.

과연 낚싯바늘은 한쪽이 구부러져 있고, 그 끝에 고리가 달려 있어서 좀처럼 빠질 것 같지 않았다.

르피크 씨가 코걸이 안경을 쓰고는 말했다.

"야단났군. 바늘을 부러뜨려야지 하는 수 없어."

그런데 어떻게 부러뜨린단 말인가!

르피크 씨가 조금만 힘을 주어도 르피크 부인은 질겁을 하며 비명을 질러댔다. 심장이나 목숨을 빼앗겠다는 것도 아닌데, 도대체 왜 이 야단인가? 게다가 성가시게도 그 낚싯바늘은 고급 강철로 만든 것이었다.

"그렇다면……."하고 르피크 씨가 말했다.

"살을 찢을 수밖에 없겠군."

르피크 씨는 코걸이 안경을 단단히 고쳐 쓰고는 창칼을 꺼내더니 잘 갈아지지 않은 칼날로 손가락의 살집을 슬쩍슬쩍 문지르기 시작했다. 그러나 너무 살살 문질렀기 때문에 칼날이 살집으로 들어가지 않았다. 힘을 주고 땀을 흘린 끝에 겨우 피가 조금 나왔다.

"아유, 아파! 아프다니까요!"

르피크 부인이 소리쳤다. 주위 사람들은 모두 벌벌 떨고 있었다.

"아빠, 좀 더 빨리 하세요!"

에르네스틴이 말했다.

"그렇게 엄살을 부리면 안 된다니까요."

펠릭스가 르피크 부인에게 말했다.

르피크 씨는 이제 더 이상 기다릴 수가 없었다. 칼로 마구 살을 째고 톱질을 했다. 르피크 부인은 "백정 같으니! 아유, 이 백정 같으니!" 하고 악을 쓰다가 다행히 정신을 잃었다.

르피크 씨는 이 기회를 놓칠세라, 얼굴이 창백해진 채 마치 미친 사람처럼 살집을 뜯어냈다. 르피크 부인의 손가락이 피투성이가 되었을 때, 거기서 낚싯바늘이 떨어졌다.

"후유우!"

그러는 동안 홍당무는 아무 도움이 되지 못했다. 르피크 부인이 비명을 지르자마자 달아나버린 것이다. 홍당무는 계단에 걸터앉아 두 손으로 머리를 감싸쥔 채, 날벼락 같은 이 사건이 어떻게 일어났는가를 생각해 보았다.

아마도 언젠가 낚싯줄을 멀리 던졌을 때 낚싯바늘만 등에 걸려서 그대로 꽂혀 있었던 거겠지.

"물고기가 안 잡히는 게 수상했어."

홍당무는 중얼거렸다.

그는 어머니의 신음소리를 가만히 듣고 있었다. 그런데 아무리 듣고 있어도 별로 슬프지가 않았다. 좀더 시간이 지나면 이번에는 홍당무 쪽이 어머니 못지않게 큰소리를 지르며 목이 쉬어라 울어댈 것이다. 그렇게 되면 어머니는 복수한 셈이 됐다고 생각하고 홍당무를 그대로 내버려둘 것이 틀림없었다.

몰려든 이웃 사람들이 홍당무에게 물었다.

"대체 어떻게 된 거냐, 홍당무?"

하지만 홍당무는 대답하지 않고 손으로 귀를 틀어막았다. 빨간 머리가 손에 가려 보이지 않게 되었다. 이웃 사람들은 계단 밑에 줄지어 서서 르피크 부인의 소식을 기다렸다.

그러는 동안 마침내 르피크 부인이 밖으로 나왔다. 그녀는 아이를 낳은 여자처럼 얼굴이 핼쑥했지만, 매우 위험한 일을 당했다는 것이 자랑스러운지 정성 들여 붕대를 감은 손가락을 앞으로 내밀었다. 르피크 부인은 그 자리에 있는 사람들에게 미소를 지으며 몇 마디 말로 안심시키고는, 아픔을 꾹 참고 홍당무에게 다정하게 말했다.

"너는 엄마를 정말 아프게 했구나. 하지만 너를 원망하지는 않는다. 네가 잘못한 것은 아니니까."

지금까지 단 한 번도 르피크 부인이 이토록 상냥하게 홍당무에게 말을 건넨 적은 없었다. 홍당무는 깜짝 놀라 얼굴을 들었다. 르피크 부인의 손가락은 헝겊과 실로 둘둘 감겨 깨끗하고 굵직한 네모가 되어 있었다. 그것은 가난한 아이들의 인형과 똑같았다. 홍당무의 맑은 두 눈이 눈물로 가득 찼다.

르피크 부인은 몸을 굽혔다. 홍당무는 팔꿈치로 르피크 부인을 저지하려 했다. 버릇이 되어버린 것이다. 그런데 르피크 부인은 너그럽게도 모두의 앞에서 홍당무에게 입을 맞췄다.

홍당무는 무슨 영문인지 몰라 어리둥절했다. 그저 눈물을 글썽일 뿐이었다.

"이제 다 지난 일이니 용서해 주겠다고 했잖아! 아니면 엄마가 심술궂다고 생각하고 있니?"

르피크 부인의 말에 홍당무는 더욱더 흐느껴 울었다.

"바보예요, 이 아이는. 남들이 들으면 목이라도 조르는 줄 알겠어요."

르피크 부인의 애정에 감동된 이웃 사람들이 말했다.

그녀가 낚싯바늘을 건네주자, 모두들 신기한 듯 자세히 살펴보았다. 그 가운데 한 사람이 "이건 8호가 틀림없다."고 말했다.

차츰 여느 때처럼 말을 자유로이 할 수 있게 되자, 르피크 부인은 비참했던 그때의 광경을 수다스럽게 늘어놓았다.

"정말 그때 같으면 애를 죽였을지도 몰라요. 이렇게 귀엽지 않다면 말이에요. 보기엔 작은 낚싯바늘이지만…… 나는 정말 죽는 줄 알았다니까요."

에르네스틴이 그 바늘을 멀리 마당 한구석에 구덩이라도 파고 묻은 다음 흙으로 덮어두는 것이 좋겠다고 제안했다.

"아냐, 그냥 둬!"

펠릭스가 말했다.

"내가 맡아둘게. 이것으로 낚시를 해보고 싶어. 굉장할 거야. 엄마의 피에 젖은 바늘인걸. 낚시에는 안성맞춤이겠지! 많이 낚아야지. 물고기를 말이야! 허벅지만큼이나 큰 놈을 몇 마리나 잡으면 진짜 멋있을 거야!"

그러면서 펠릭스는 홍당무를 흔들어댔다. 아직도 벌을 주지 않는 까닭을 몰라 멍하니 있던 홍당무는 뉘우쳤다는 표시로 쉰 목소리를 짜내면서 보기 흉한 주근깨투성이의 얼굴을 눈물로 씻고 있었다.

은화(銀貨)

1

르피크 부인 : 너 뭐 잃어버린 것 없니, 홍당무?

홍당무 : 없어요, 엄마.

르피크 부인 : 찾아보지도 않고 없다고 말하니? 자, 먼저 네 주머니를 뒤집어봐라.

홍당무 : (주머니 속을 뒤집는다. 그리고 헝겊이 당나귀 귀처럼 늘어져 있는 것을 본다.) 아, 그렇구나. 엄마, 돌려주세요!

르피크 부인 : 돌려달라니, 뭘 말이냐? 그럼 뭔가 없어지긴 했니? 그냥 물어보았더니 들어맞았구나. 뭘 잃어버렸는데?

홍당무 : 몰라요.

르피크 부인 : 이런! 거짓말을 할 작정이로구나. 벌써 정신나간 잉어처럼 얼떨떨해지는군. 당황하지 말고 대답해 봐. 뭘 잃어버렸니? 팽이

냐?

홍당무 : 네, 팽이예요. 깜빡했어요. 그래요, 엄마.

르피크 부인 : 그렇지 않아요, 엄마겠지. 팽이는 아니다. 팽이는 지난 주일에 내가 빼앗았잖니?

홍당무 : 그럼 나이프예요.

르피크 부인 : 어떤 나이프? 누가 나이프를 주었지?

홍당무 : 아무도 주지 않았어요.

르피크 부인 : 홍당무, 넌 형편없는 아이로구나. 이러다가는 끝이 없겠다. 마치 내가 너를 미친 사람으로 몰고 있는 꼴이 아니냐. 하지만 여기는 나와 너뿐이다. 나는 지금 너한테 친절하게 묻고 있고, 엄마를 사랑하는 아들이라면 모든 것을 털어놓아라. 틀림없이 은화를 잃어버렸을 거다. 나는 아무것도 모르지만, 아마 분명히 그럴 거다. 그렇지 않다고는 말하지 못할걸. 그것 봐라, 코가 벌름거리지 않니.

홍당무 : 엄마, 그 은화는 제 거예요. 대부 아저씨가 일요일에 주셨거든요. 잃어버려서 정말 속상하고 마음이 아프지만 단념하겠어요. 별로 미련은 없어요. 은화 하나쯤은 있으나마나니까요. 저한테는 아무래도 마찬가지인걸요.

르피크 부인 : 어머나, 이 무슨 건방진 말버릇이냐. 그럼 너는 대부 아저씨의 기분 같은 건 아무래도 좋단 말이지? 그토록 너를 귀여워하지만 틀림없이 화를 내실 거다.

홍당무 : 하지만 엄마, 이렇게 생각할 수는 없나요? 제가 좋아하는 일에 그 돈을 썼다고 말이에요. 평생 그 돈을 가지고 있을 수는 없잖아요?

202

르피크 부인 : 이제 그만해 둬. 누가 물으면 시무룩한 얼굴만 하면서! 준 사람이 그렇게 해도 좋다는 말을 안 했다면 그 돈은 잃어버려서도 안 되고, 허락을 받지 않고는 써서도 안 되는 거야. 너는 그 돈을 잃어버렸어. 대신 내놓을 돈이 있으면 어디 내놓아보렴. 찾아내든 만들어내든 그 돈을 다시 가지고 있어야 해. 자, 빨리 가봐라. 쓸데없는 말 그만하고.

홍당무 : 알았어요, 엄마.

르피크 부인 : "알았어요, 엄마." 라는 말은 이제 안 해주었으면 좋겠구나. 괴짜인 척하는 것도 싫으니까. 그리고 또 말해 두겠는데, 콧노래를 하거나 이 사이로 휘파람을 불며 한가로운 마부 흉내를 내면 가만두지 않을 테다. 나한테 그래봐야 하나도 이로울 것 없다.

2

홍당무는 마당의 좁은 길을 징징대며 어정거리고 있었다. 잠시 찾다 가는 몇 번이나 코를 훌쩍였다. 그리고 르피크 부인이 감시하고 있는 듯한 기색이 있으면 가만히 멈춰 섰다. 아니면 쪼그리고 앉아 손가락 끝으로 수영풀 뿌리나 모래를 후벼팠다. 그는 르피크 부인의 모습이 사라지자 더 이상 찾아보려고 하지도 않았다. 고개를 치켜들고 왔다갔다할 뿐이었다. '그 은화는 대체 어디에 있는 것일까? 저 높은 나무 위의 둥지 속에 있을까?

아무것도 찾지 않는 사람이 오히려 금화를 줍는 일이 흔히 있다. 실제로 그런 일이 있었다. 하지만 홍당무는 땅바닥을 기어다니고 무릎과 손톱이 닳도록 찾아 헤매도 핀 하나 줍지 못할 게 뻔했다.

홍당무는 싫증이 나고 가망 없는 일에 지쳐서 끝내 단념해 버렸다. 그리고 어머니가 무엇을 하고 있나 알아보기 위해 집안으로 들어가기로 작정했다. 틀림없이 이제는 마음도 가라앉아, 은화를 못 찾는다 할지라도 야단치지 않을 것이다.

르피크 부인의 모습은 보이지 않았다. 홍당무는 조심스럽게 불러보았다.

"엄마, 엄마!"

르피크 부인은 대답이 없었다. 지금 막 어디로 나갔는지 바느질 탁자의 서랍이 열려 있었다. 서랍 안을 살펴보니 털실이며 바늘, 흰색·붉은색·검은색 실에 섞여서 은화 몇 개가 뒹굴고 있었다.

은화는 그 서랍 속에서 늙어가는 것 같았다. 마치 잠들어 있는 것처럼 보였다. 잠이 깨는 일은 어쩌다 있을까 말까 할 것이다. 은화는 곧잘 이쪽 구석에서 저쪽 구석으로 밀리곤 해서 뒤섞이는 바람에 제대로 헤아릴 수도 없이 많았다.

세 개인가 하면 네 개고, 또 여덟 개가 되기도 했다. 헤아리려면 여간 힘들지 않을 듯했다. 서랍을 탁자 위에 엎어놓고 실뭉치를 헤쳐보지 않으면 안 되리라. 그러나 어떤 흔적이 남지 않을까?

중대한 일이 있을 때마다 그를 돌보아주지 않는 그 기회를 이번만은 잡아야지, 하고 홍당무는 굳게 각오하며 팔을 뻗어 은화 한 닢을 훔쳤다. 그러고는 도망쳤다.

그 자리에서 잡혔다가는 큰일난다고 생각하자 망설임도 후회도, 또 바느질 테이블로 되돌아가는 위험도 물리칠 수밖에 없었다.

홍당무는 쏜살같이 달아났다. 너무 무섭게 내달아서 멈춰 설 수도 없었다. 잠시 후 홍당무는 마당의 좁은 길을 돌아다니다가 적당한 곳에 은화를 떨어뜨린 다음 발뒤축으로 힘껏 밟아서 땅 속에 쑤셔 박았다. 그러고는 엉금엉금 기어서 콧등으로 풀잎을 헤치고 마구 기어다니면서 되는 대로 동그라미를 몇 개 그렸다. 눈을 가린 한 아이가 숨겨놓은 물건을 찾느라고 그 둘레를 빙빙 돌아다니는 놀이와 똑같았다. 이 놀이에는 으레 장단을 맞추는 아이가 속이 타는 듯 다리를 두드리며 이렇게 외친다.

"야, 큰일났다! 창고에 불이 붙었다. 창고에 불이 붙었어!"

3

홍당무 : 엄마, 엄마, 찾았어요!

르피크 부인 : 나도 찾았다.

홍당무 : 네? 이것 보세요. 여기 있잖아요.

르피크 부인 : 여기도 있단다.

홍당무 : 좀 보여주세요.

르피크 부인 : 네 것도 보여주려무나.

홍당무 : (은화를 보여준다. 르피크 부인도 자기 것을 내보인다. 홍당무는 두 개의 은화를 손에 들고 비교해 본 다음 할말을 준비한다.) 이상한데요, 엄마. 엄마는 어디서 찾았어요? 난 이 좁은 길의 배나무 뿌리 근처에서 찾았는데. 찾아낼 때까지 스무 번도 더 그 위를 밟고 다녔어요. 그랬더니 반짝이는 게 있잖아요. 처음엔 종이 조각 아니면 하얀 오랑캐꽃이라고 생각하고 주울 생각조차 하지 않았어요. 틀림없이 제 주머니에서 떨어졌을 거예요. 언젠가 풀 위를 뒹굴고 법석을 떨면서 논 적이 있거든요. 엄마, 조금 몸을 굽혀 이 약삭빠른 놈이 숨어 있는 곳을 들여다보세요. 녀석이 숨어 있던 집 말이에요. 놈은 저를 골탕먹인 것을 자랑해도 괜찮을 거예요.

르피크 부인 : 골탕먹이지 않았다고는 말하지 않았다. 네 것은 네 다른 웃옷 주머니 속에 있었단다. 그렇게 일러도 옷을 갈아입을 때마다 주머니 속의 물건을 꺼내는 일을 잊어버리더구나. 성실한 버릇을 가르쳐주려고 본보기 삼아 찾아내라고 한 거야. 그런데 찾으면 으레 나오게 돼 있다는 말이 정말이로구나. 왜냐하면 네 은화는 하나가 아니라 두 개가 되었거든. 큰 부자가 된 셈이다. 끝이 좋으면 모든 일이 잘된단다. 하지만 돈으로는 행복해질 수가 없는 법이지.

홍당무 : 그럼 놀러가도 괜찮겠지요, 엄마?

르피크 부인 : 그래, 놀다오너라. 하지만 어린애 같은 장난은 하지 말아라. 그리고 네 은화를 두 개 다 가져가거라.

홍당무 : 아니에요, 엄마. 한 개면 돼요. 그것도 필요할 때까지 엄마가 갖고 계세요. 엄마, 그렇게 해주시겠어요?

르피크 부인 : 아니다, 계산은 정확히 해야지. 네 은화는 네가 가지거라. 배나무 밑에 있던 은화의 주인이 나타나지 않으면 두 개 다 네 거니까. 하지만 누굴까? 아무리 생각해 보아도 모르겠구나. 너는 짐작이 가니?

홍당무 : 저도 정말 모르겠어요. 하지만 누구든 상관없어요. 그런 건 내일에나 생각해 보겠어요. 그럼 엄마, 잠깐 놀다올게요. 고마워요!

르피크 부인 : 잠깐만, 어쩌면 정원사의 것이 아닐까?

홍당무 : 지금 바로 물어보고 올까요?

르피크 부인 : 아니, 여기서 나를 도와다오. 같이 생각 좀 해보자꾸나. 아빠는 그 나이에 돈을 떨어뜨리는 부주의한 일은 안 하실 거고, 에르네스틴은 평소 동전을 저금통에 넣고, 펠릭스는 돈을 잃어버릴 겨를도 없다. 돈이 생기기가 무섭게 써버리니까 말이다. 그러고 보면 아마도 내가 떨어뜨렸을 거야.

홍당무 : 엄마, 그럴 리가 없어요. 엄마는 무엇이든 꼼꼼하게 정돈해 놓으시잖아요.

르피크 부인 : 어른들도 때로는 아이들처럼 잘못을 저지르기도 한단다. 좋아, 이제 곧 알게 될 테니 걱정할 건 없어. 빨리 놀다오너라. 하지만 너무 멀리 가면 안 된다. 그동안에 내 바느질 탁자의 서랍을 좀 뒤져볼 테니까.

르피크 부인의 말이 채 끝나기도 전에 뛰어나갔던 홍당무는 홱 돌아서서 잠깐 머뭇거리다가, 멀어져 가는 어머니의 뒤를 따라갔다. 이윽고 르피크 부인을 앞질러 뛰어간 홍당무는 그 앞을 가로막은 다음, 아무 말도 하지 않고 한쪽 뺨을 내밀었다.

르피크 부인 : (오른손을 든다. 홍당무를 때리기 직전) 네가 거짓말쟁이라는 것은 알고 있었지만, 이 정도인 줄은 미처 몰랐구나. 거짓말에 또 거짓말을 덧붙이다니. 언제까지나 그런 식으로 해봐라. 바늘 도둑이 소 도둑이 될 테니. 그리고 마지막에는 제 어미를 잡아먹을 게다.

후려갈기는 첫 번째 손이 홍당무의 얼굴에 무시무시한 기세로 떨어졌다.

자기 의견

르피크 씨와 펠릭스와 에르네스틴 그리고 홍당무, 이 네 사람이 난 롯가에서 이야기를 하고 있었다. 난로 속에서는 뿌리가 붙은 통나무 하나가 활활 타오르고 있었다. 네 사람은 의자에 걸터앉아 노를 젓듯 이 그 의자를 끽끽 앞뒤로 흔들고 있었다. 네 사람은 지금 토론을 하고 있는 중이었다. 홍당무도 르피크 부인이 없는 틈에 자기 의견을 내놓았다.

"제 생각에는……." 하고 홍당무가 말했다.

"가족이란 아무런 의미가 없는 것 같아요. 하지만 제가 아빠를 무척 좋아하고 있는 건 알고 계시지요? 그런데 저는 아빠가 우리 아빠이기 때문에 사랑하고 있는 게 아니라, 저를 사랑해 주시기 때문에 저도 좋아하는 거예요. 사실 아빠에겐 우리 아빠가 될 자격이 없거든요. 하지만 저는 아빠의 애정을 대단히 큰 호의라고 보고 있어요. 저에게 베풀어야 할 의무가 없는데도 아빠가 기분좋게 선심을 베풀어준다고 생각하고 있기 때문이에요."

"으흠!"

르피크 씨는 생각에 잠겼다.

"그럼 나는 어떠니?"

"나는?"

형 펠릭스와 누나 에르네스틴이 물었다.

"같은 이치야. 우연이라는 것이 두 사람을 나의 형과 누나로 만들었을 뿐인데, 내가 형이나 누나한테 고마워해야 할 까닭이 없잖아? 또 우리 세 사람이 한 집안 식구가 됐다고 해서 누구에게 잘못이 있는 것은 아니야. 두 사람 다 그렇게 될 수밖에 없었던 거지. 그렇게 되려고 생각하지도 않았기 때문에 형제가 된 데 대해서 고마워할 필요도 없어. 형, 다만 형은 나를 여러모로 보호해 주는 데 대해서…… 그리고 누나, 누나는 사소한 일에까지 마음을 써주는 데 대해서 고맙게 생각하고 있을 뿐이야."

"천만에."

펠릭스가 말했다.

"그런 꿈 같은 생각을 어디서 찾아냈지?"

이번에는 에르네스틴이 말했다.

"내가 하는 말은……."하고 홍당무가 덧붙였다.

"일반적으로 분명히 그렇게 말할 수 있다는 거야. 다만 매력적인 표현을 피하고 있는 셈이지. 만일 엄마가 여기 눈앞에 있더라도 똑같은 말을 할 수 있어."

"아마 못할걸."

펠릭스가 말했다.

"내 말의 어디가 잘못됐다는 거지?"

홍당무가 물었다.

"내 의견을 이상하게 받아들이지 않았으면 좋겠어. 나는 애정이 아쉬운 사람은 아니야. 뿐만 아니라 보기보다도 훨씬 더 형제를 사랑하고 있지. 하지만 내 애정은 평범하고 본능적인 것이 아냐. 정확히 의식한 이성적이며 논리적인 애정이지. 그래, 논리적…… 이게 바로 내가 찾고 있던 단어야."

"자기 자신도 제대로 이해하지 못하는 말을 함부로 쓰는 버릇은 언제 버릴 거냐?"

벌떡 일어서서 침실로 가려던 르피크 씨가 홍당무에게 말했다.

"네 나이에 벌써 남을 설교하려는 그 버릇도 말이다. 만일 내가 돌아가신 너희 할아버지에게 방금 네가 한 것과 같은 그런 헛된 소리를 조금이라도 내비쳤다가는 당장 매를 맞거나 뺨을 맞았을 게다. 내가 어디까지나 할아버지의 아들이라는 것을 뼈저리게 느끼게 할 것이 뻔해."

"심심풀이 삼아 해본 말인데 뭐 어때요."

홍당무는 이내 불안해져서 변명을 했다.

"잠자코 있는 것이 더 좋겠다."

르피크 씨는 이렇게 말하고 촛불을 손에 든 채 나가버렸다. 펠릭스가 따라나가며 말했다.

"그럼 안녕, 함께 사는 어린 친구야."

누나 에르네스틴도 일어서더니 엄숙하게 "잘 자!" 하고 나갔다.

홀로 남게 된 홍당무는 어쩔 줄 몰라했다.

어제 르피크 씨는 홍당무에게 모든 일을 신중하게 생각하는 방법을 배우라고 타일렀었다.

"사람들이란 무엇이냐?"

르피크 씨가 말했다.

"'사람들'이라는 것은 이 세상에는 없다. 모든 사람들이라는 말은 아무도 아니라는 것과 마찬가지다. 너는 귓전으로 얻어들은 남의 말을 성경 읽듯이 외쳐대는구나. 조금은 자기 머리로 생각하려고 애써보아라. 자기 생각을 말하도록 하려무나. 처음에는 단 한마디라도 좋으니까 말이야."

그런데 큰마음 먹고 내놓은 첫 번째 의견이 호되게 얻어맞았으므로, 홍당무는 난롯불에 재를 뿌리고는 의자를 벽 쪽으로 옮겨놓았다. 그리고 벽시계에다 절을 하고는 침실로 향했다. 이 방은 헛간의 계단과 통해 있었으므로 모두들 헛간방이라고 불렀다. 여름에는 시원해서 기분이 좋아지는 방이었다. 사냥을 해서 잡아온 짐승도 이곳에서는 일주일

이상 상하지 않았다.

　최근에 잡은 토끼가 코에서 피를 흘리며 접시에 얹혀 있고, 암탉에게 줄 싸라기로 가득 찬 바구니도 몇 개 놓여 있었다. 홍당무는 두 팔을 걷어붙이고 팔꿈치까지 집어넣어 쉬지 않고 싸라기를 휘저었다.

　어느 때라면 외투걸이에 걸려 있는 온 집안 식구들의 옷이 묘한 느낌을 주었다. 마치 자살한 사람들이 반장화를 조심스럽게 윗선반에 나란히 얹어놓고 막 목을 졸라맨 것 같기도 했다.

　그런데 오늘 밤에는 무섭지 않았다. 침대 밑을 들여다보려고도 하지 않았다. 달빛에도, 그림자에도, 창문에도, 뛰어내리고 싶은 사람한테 알맞게 만들어진 것 같은 마당의 우물에도 겁을 먹지 않았다.

　무섭다고 생각하면 틀림없이 무서워질 것이다. 그러나 홍당무는 이젠 무섭다고 생각하지 않았다. 셔츠 하나만으로도 붉은 바닥의 차가움을 그다지 느끼지 않는 것처럼, 발끝으로 걷는 것도 잊어버리고 있었다.

　그리고 침대 속에서 벽 여기저기 습기로 부풀어오른 곳을 쳐다보면서 그는 여전히 자신의 의견을 펼치고 있었다. 역시 자기 가슴속에 간직해 두어야만 하므로 '자기 의견'이라고 말해야겠지.

나뭇잎의 폭풍

벌써 오래전부터 홍당무는 높다란 미루나무 꼭대기의 잎을 물끄러미 바라보고 있었다. 그는 멍하니 공상에 잠긴 채 그 잎이 흔들리기를 기다리고 있었다.

그 잎은 나무와는 떨어져 오직 혼자 따로 살고 있는 것처럼 보였다. 줄기도 없이 자유롭게. 그 잎은 날마다 동이 틀 때 그리고 마지막 햇살에 황금빛으로 빛났다.

그러나 정오를 지나면 꼼짝하지 않았다. 잎이라기보다는 얼룩이라는 편이 나을 것이다. 그러면 홍당무는 초조해져서 침착성을 잃고 만다. 바로 그때 겨우 그 잎이 신호를 하는 것이다. 그 바로 밑의 잎이 똑같은 신호를 보낸다. 다른 잎도 이 몸짓을 되풀이하며 그것을 옆의 잎에 전한다. 그리고 그 잎이 얼른 또 다른 잎에 전한다.

이것은 경보의 전달이다. 왜냐하면 지평선에 둥그스름한 납빛 모자가 모습을 나타냈기 때문이다.

미루나무는 벌써 떨고 있다. 몸을 움직여서 방해가 되는 묵직한 공기층을 밀쳐내려고 한다.

미루나무의 불안은 느티나무며 참갈매나무, 마로니에로 옮겨진다. 그리고 온 뜰 안의 나무들이 떨면서 서로 속삭인다. 하늘에 그 둥근 모자가 펼쳐져서 뚜렷한 검은 가장자리를 이쪽으로 밀어붙여 오면 맨 먼저 나무들은 가느다란 나뭇가지를 흔들어서 새들의 노래를 멈추게 한다. 날완두콩을 던지는 것 같은 소리로 변덕스럽게 가끔 노래를 부르는 지빠귀, 페인트칠을 한 것 같은 목구멍에서 꾸르륵꾸르륵 울음소리를 짜내는 것은 홍당무가 조금 전에 본 산비둘기, 게다가 연미복(뒷자락이 제비 꼬리같이 갈라진 서양식 예복) 같은 꼬리를 달고 있는 아니꼬운 까치.

이윽고 나무들은 굵직한 팔을 휘둘러서 적에게 겁을 주려고 한다. 납빛의 둥근 모자는 여전히 서서히 쳐들어오고 있다.

둥근 모자는 차츰 하늘을 덮는다. 푸른 하늘을 밀어젖히고 하늘에서 공기가 통하는 구멍을 막아 끝내는 홍당무의 숨통까지도 막으려 든다. 이따금씩 모자는 자신의 무게 때문에 휘청거리며 마을 위로 떨어질 것처럼 보인다. 그런데 종각(鐘閣)의 뾰족한 끝 부분까지 오자 걸려서 찢겨질까 봐 얼른 멈춰 선다.

벌써 먹구름이 가까이 다가왔다. 누가 건드리지 않아도 혼란한 사태가 벌어져 소동이 일어난다.

나무란 나무는 모두 얽히고 설켜서 성난 둥지를 서로 비벼댄다. 홍당무는 그 잎사귀 속에 둥근 눈과 하얀 부리를 한 새 둥우리가 많이 있을 것이라고 상상한다. 나뭇가지가 축 늘어지는 듯싶더니, 별안간 잠이 깬 사람의 머리처럼 번쩍 쳐든다. 나뭇잎은 떼를 지어 날아갔다가 이내 두려워서 얌전하게 되돌아온다. 그러고는 본래의 나무에 매달리려고 한다. 가느다란 아카시아 잎은 한숨을 짓고, 껍질을 벗긴 벚나무의 잎은 애처로운 소리를 내고 있다. 마로니에 잎은 휘파람 같은 소리를 내고 덩굴진 아리스톨로시 잎은 담벼락 위에서 차례차례 잎을 나부끼며 파도처럼 출렁댄다.

아래쪽에서는 무성한 사과나무가 사과를 흔들고 있다. 사과가 땅바닥에 떨어질 때마다 둔한 땅울림이 들린다.

훨씬 더 낮은 곳에는 구스베리가 빨간 핏방울을, 검은 구스베리가 잉크 빛의 시커먼 핏방울을 흘리고 있다.

그보다 더 낮은 곳에서는 주정꾼 같은 양배추가 당나귀처럼 귀를 흔들고 있다. 또 상기된 양파가 서로 맞부딪치면서 씨앗으로 불룩한 둥근 머리를 터뜨리고 있다.

왜 그럴까? 도대체 어째서 이런 일이 일어날까? 어떻게 된 것인가? 천둥도 치지 않고 우박도 내리지 않는다. 번갯불도 번쩍이지 않고 비한 방울 내리지 않는다. 그런데 그 폭풍 같은 시커먼 하늘이, 대낮에 닥친 소리 없는 어둠이 주위의 초목을 미치게 하여 홍당무를 겁먹게 하고 있다.

바야흐로 둥근 모자는 해를 덮고 그 밑에 쫙 퍼져 있다.

그 먹구름은 움직이고 있다. 홍당무는 그것을 알고 있다. 미끄러지 듯이 움직이고 있다. 흘러가는 구름 덩이는 언젠가는 지나가고 말 것이다. 그러면 다시 해를 볼 수 있겠지. 큰 먹구름은 하늘을 가득 메우고 있다. 그러고는 홍당무의 작은 이마를 힘껏 죈다. 홍당무는 눈을 감는다. 그러자 먹구름은 홍당무의 눈꺼풀을 따갑게 누르면서 눈을 가린다.

홍당무는 양쪽 귀를 손가락으로 틀어막는다. 그런데 폭풍은 고함과 회오리바람을 일으켜 그의 몸 속으로 파고든다.

큰길의 종이 쪽지를 빼앗듯이 그의 심장을 붙잡는다.

그 심장을 마구 쥐어짜서 자그마하게 뭉쳐버리고 만다.

얼마 안 되어, 홍당무는 자기 심장이 이젠 작은 종이 정도로 줄어든 것 같았다.

반항

1

르피크 부인 : 홍당무, 착하지? 제발 부탁이니 물방앗간에 가서 버터 한 파운드만 사다다오. 빨리 갔다오너라. 네가 올 때까지 식사를 안 하고 기다리마.

홍당무 : 싫어요, 엄마.

르피크 부인 : 왜 또 싫다고 하니? 아무 말 말고 갔다오너라. 자, 기다 릴게…….

홍당무 : 싫단 말이에요, 엄마. 저는 물방앗간에는 안 가요.

르피크 부인 : 뭐라고? 물방앗간에는 안 가겠다니, 그게 무슨 소리냐? 부탁한 게 누구지? 지금 농담을 하는 거냐?

홍당무 : 그렇지 않아요.

르피크 부인 : 어머나, 홍당무. 나는 뭐가 뭔지 모르겠구나. 당장 물방

앗간에 가서 버터 한 파운드를 사오너라!

　　홍당무 : 듣고 있어요. 하지만 전 안 갈래요.

　　르피크 부인 : 내가 꿈을 꾸고 있나? 어떻게 된 거냐? 내 말을 안 듣겠 다니, 네가 태어난 뒤 처음 있는 일 아니냐.

　　홍당무 : 그래요, 엄마.

　　르피크 부인 : 친엄마의 말을 안 듣겠다는 말이지?

　　홍당무 : 친엄마라고요? 그래요, 엄마.

　　르피크 부인 : 이거 정말 놀랄 일이로구나! 어디 정말인지 아닌지 좀 볼까? 자, 냉큼 갔다오라니까.

　　홍당무 : 싫다는데도, 엄마는⋯⋯.

　　르피크 부인 : 시끄러워! 갔다오라면 잔말 말고 빨리 갔다와.

　　홍당무 : 시끄러우면 입 다물겠어요. 하지만 전 안 가요.

　　르피크 부인 : 이 접시를 가지고 갔다오라니까.

2

　　홍당무는 입을 다문 채 꼼짝도 안 했다.

　　"이건 혁명이로구나!"

　　르피크 부인이 소리쳤다. 계단 위에서 두 팔을 번쩍 들고.

　　사실 홍당무가 어머니의 부탁을 "싫어요!" 하고 거절하기는 이번이 처음이었다. 이를테면 무슨 일을 하고 있는데 방해를 했다거나, 한창 놀고 있는 중이라면 또 모르지만! 그런데 지금 홍당무는 땅바닥에 주저앉아 두 엄지손가락을 빙빙 돌리며 심심해서 못 견디는 참이었다. 그런데도 내가 무슨 상관이냐는 듯이 지그시 눈을 감고 있었다. 그러다가 느닷없이 거만한 태도로 얼굴을 번쩍 치켜들고는 르피크 부인을 빤히 쳐다보았다. 르피크 부인은 어쩔 줄 몰라하며 도움을 얻으려는 듯이 가족들을 불렀다.

"에르네스틴, 펠릭스, 괴상한 일이 일어났다! 아빠와 함께 나와보거라. 아가트도 오너라. 보고 싶은 사람은 누구든지 와서 보렴!"

마침 큰길을 지나가던 사람도 르피크 부인의 말에 멈춰 섰다.

홍당무는 모두에게서 뚝 떨어져 마당 한가운데 앉아 있었다. 눈앞에 위험이 닥쳐오는데도 전혀 두려워하지 않는 데 대해 홍당무 자신도 놀라고 있었다. 그리고 르피크 부인이 때리는 걸 잊어버린 데 대해서는 더욱 놀라고 있었다. 너무도 무서운 순간이어서 르피크 부인 자신도 어쩔 줄 모르는 참이었다.

새빨간 칼날처럼 불타는 저 홍당무의 눈초리에 여느 때의 위협도 단념할 수밖에 없는 모양이었다. 그래서 아무리 잠자코 있으려고 애를 써도 그녀의 입은 저절로 벌어지고 말았다. 가슴속에 치밀어 오르는 분노를 억누를 수가 없었던 것이다. 마침내 이 분노는 씩씩 소리를 내며 터져나왔다.

"여러분, 좀 들어보세요."

르피크 부인이 말했다.

"내가 홍당무한테 잠깐 심부름을 갔다오라고 상냥하게 부탁했어요. 산책 삼아 물방앗간까지 갔다오라고 말이에요. 그랬더니 뭐라고 대답했는지 아세요? 저 아이한테 한번 물어보세요. 그렇지 않으면 마치 내가 꾸며대는 걸로 생각하실 테니까요."

모두들 곧 짐작이 갔다. 홍당무의 태도로 미루어보아 새삼스럽게 대답을 되풀이시킬 필요가 없었다.

마음씨 착한 에르네스틴이 다가와서 살며시 홍당무에게 귀띔했다.

"조심하는 게 좋아. 너 혼난다. 얼른 '네' 하고 대답해. 너를 사랑하는 누나가 시키는 일이니 잘 들어야 해."

펠릭스는 구경거리라도 보는 듯한 기분이었다. 누가 와도 이 자리는 내주지 않을 것이다. 앞으로도 홍당무가 게으름을 피우게 되면, 심부름의 일부는 으레 형인 자기가 하게 된다는 것은 미처 생각지 못하고 있었다. 오히려 홍당무를 응원하고 싶을 정도였다. 어제까지는 동생을 얕잡아보고 바보 취급을 했었다. 그러나 지금은 자기와 엇비슷한 위치에 있는 것으로 여겨 존경하는 마음까지 생겼다. 그래서 그는 마음속으로 손뼉을 치고 있었다.

"세상이 뒤집혔어요. 이젠 말세라고요."

르피크 부인이 말했다.

"이젠 내 힘으로는 벅차서 어쩔 수가 없군요. 난 물러가겠어요. 누가 말을 해서 저 짐승 같은 아이가 순종하도록 해줘요. 아들과 아버지가 서로 만나 얘기를 해서 해결을 지어요!"

"아빠!"

흥분할 대로 흥분한 홍당무가 목이 졸리는 듯한 목소리로 말했다. 지금까지 한번도 어머니에게 대든 적이 없었던 터라 그는 잔뜩 흥분되어 있었다.

"아빠가 물방앗간까지 가서 버터를 한 파운드 사가지고 오라고 하면 전 그렇게 하겠어요. 아빠를 위해서라면, 오직 아빠를 위해서라면 말이에요. 하지만 엄마를 위해서라면 전 절대로 안 가겠어요."

이렇게 자기 편을 들어주는 데 대해 르피크 씨는 기분이 좋기보다는 오히려 난처한 모양이었다. 기껏 버터 한 파운드를 사는 것으로, 주위의 구경꾼들로부터 권유를 받고 아버지의 위신을 앞세운다는 것은 정말 괴로운 일이었다.

르피크 씨는 너무도 어색해 풀밭을 서성거렸다. 그러다가 어깨를 움츠리고 홱 돌아서더니 얼른 집안으로 들어가 버리고 말았다.

이 사건은 이것으로 잠시 중단되었다.

최후의 말

저녁때 르피크 부인은 기분이 언짢아서 누워 있었으므로 식사하러 나타나지 않았다. 모두들 잠자코 먹고 있는데—이것은 습관 때문이기도 하지만—오늘은 서로가 거북했다. 식사가 끝나자 르피크 씨는 냅킨을 접어 테이블 위에 던지고는 이렇게 말했다.

"옛 큰길의 언덕까지 산책을 할 텐데, 누가 같이 가지 않으련?"

홍당무는 아버지가 이런 방법으로 자기를 데리고 나가려는 것을 눈치챘다. 그래서 얼른 일어서서 여느 때처럼 의자를 벽 가로 옮겨 놓고 얌전하게 아버지를 따라나섰다.

처음에는 두 사람 다 묵묵히 걷기만 했다. 나중에는 틀림없이 르피크 씨가 이것저것 묻겠지만, 당장은 그런 기색이 없었다. 홍당무는 머릿속으로 아버지가 무슨 말을 물을지, 또 어떻게 대답해야 할지 이모

저모로 궁리해 보았다.

얼마 안 되어 모든 준비가 끝났다.

홍당무는 마음이 몹시 괴로웠으나 이제 와서 후회되지는 않았다. 낮에 그토록 엄청난 사건을 겪었기 때문에 더 이상 두려운 것이 없었다. 무언가 결심한 듯한 아버지의 말투에 홍당무는 오히려 마음이 놓였다.

르피크 씨 : 뭘 우물쭈물하고 있니? 엄마를 슬프게 한 조금 전의 행동은 어떻게 된 일이냐? 까닭을 말해 보려무나.

홍당무 : 아빠, 저는 오랫동안 망설이고 있었는데, 이제 분명히 해 둬야겠어요. 솔직히 말해서 전 엄마를 좋아하지 않아요.

르피크 씨 : 흐음! 그래, 어면 점이? 언제부터?

홍당무 : 모든 것이 싫어요. 아주 오래전부터.

르피크 씨 : 흐음! 그거 참 야단났구나. 하지만 나한테만은 엄마가 너에게 어떻게 했는지 말해다오.

홍당무 : 이야기하려면 한없이 길어져요. 그런데 아빠는 아무것도 모르고 있었나요?

르피크 씨 : 눈치는 챘지. 네가 토라진 것을 자주 보았으니까.

홍당무 : 토라졌다는 말을 들으니 더 화가 나는데요. 다른 사람들은 "홍당무라는 아이는 진심으로 남을 원망하지 못해요. 다만 토라져 보일 뿐이지요. 토라졌을 때는 그대로 내버려두면 되는 거예요. 토라질 만큼 토라지고 나면, 마음이 풀려 곧 명랑해지지요. 특별히 그 아이한테 관심을 가지는 척해서는 안 돼요. 아무래도 좋지요." 라고 생각하고

있어요. 아빠, 미안해요. 하지만 아무래도 좋다는 건 그저 아빠나 엄마나 다른 사람들한테 아무래도 좋다는 거예요. 저는 가끔 겉으로만 토라져 보일 때가 있어요. 그건 저도 알아요. 그럴 때 받는 모욕은 절대로 잊을 수가 없어요.

르피크 씨 : 그러면 못써. 남에게 놀림받은 건 곧 잊어버려야 한단다.

홍당무 : 그게 안 돼요. 정말 안 돼요. 아빠는 잘 몰라요. 집에 잘 안 계시니까요.

르피크 씨 : 사업 관계로 자주 여행을 해야 하기 때문이지.

홍당무 : (흥분된 말투로) 아빠, 사업은 사업이에요. 아빠는 사업 걱정으로 머리가 가득 차 있어요. 하지만 엄마는, 이제 이렇게 된 바에 모두 말하지만, 저를 때리는 것말고는 화풀이할 데가 없는 거예요. 아빠 때문이라고는 말하지 않겠어요. 스파이처럼 몰래 아빠한테 일러바치면, 그야 물론 아빠는 꼭 제 편이 되어주겠지만 말이에요. 그럼 조금씩 옛날 이야기를 해볼까요. 제가 허풍을 떠는 건지, 또 얼마만큼이나 기억하고 있는지 알아챌 테니까요. 하지만 아빠, 우선 의논할 일이 있어요. 저는 엄마하고 헤어져 살고 싶어요. 어떻게 하면 간단히 그렇게 할 수 있을까요?

르피크 씨 : 일년에 두 달, 방학 때만 만날 뿐이잖니?

홍당무 : 방학 때도 기숙사에 있게 해주시면 좋겠어요. 틀림없이 성적도 오를 거예요.

르피크 씨 : 그건 가난한 학생들에게만 주어지는 특전이야. 그런 짓을 하면 세상 사람들은 내가 너를 버린 것으로 생각할 거야. 그러니까 너

자신만 생각해서는 안 돼. 그렇게 되면 나도 너와 만나지 못하잖니?

　　홍당무 : 아빠가 찾아오시면 되잖아요.

　　르피크 씨 : 그런 여행을 하게 되면 돈이 너무 들어서 감당해 낼 수 없단다, 홍당무.

　　홍당무 : 꼭 해야 할 여행을 이용하면 되잖아요. 약간만 돌아오시면 되는 거예요.

　　르피크 씨 : 안 돼. 나는 지금까지 너를 네 형이나 누나와 똑같이 대해 왔다. 누굴 특별히 어떻게 한다든가 하는 일은 결코 안 했다. 앞으로도 그렇게 할 작정이다.

　　홍당무 : 그렇다면 학교를 그만두겠어요. 기숙사에서도 나와버리고요. 돈이 너무 많이 든다는 핑계로 말이에요. 그렇게 되면 뭔가 일거리를 구해야겠지요.

　　르피크 씨 : 무슨 일거리? 이를테면 구둣방에라도 들어가겠다는 거냐?

　　홍당무 : 구둣방이든 어디든 다 좋아요. 그렇게 되면 밥 걱정 없이, 또 자유롭게 지낼 수 있을 테니까요.

　　르피크 씨 : 이미 때가 늦었다, 홍당무. 구두 바닥에 못을 치게 하기 위해서 너를 교육시키느라 큰 희생을 치른 건 아니야.

　　홍당무 : 하지만 아빠, 전 자살할 뻔했던 일도 있어요.

　　르피크 씨 : 너무 허풍 떨지 말아라, 홍당무.

　　홍당무 : 정말이에요. 어제만 해도 저는 목을 매려고 했었어요.

　　르피크 씨 : 하지만 넌 멀쩡히 있잖니? 그러니 그런 생각은 없었던 게 분명해. 그런데도 자살을 하려다가 그만두었다고 잘난 척 으스대고 있

구나. 죽고 싶은 건 자기뿐이라고 생각하고 있는 거야. 홍당무, 너무 제멋대로 굴면 자신을 그르치게 된단다. 너는 너 편한 대로만 생각하고 있어. 이 세상에 오직 너 혼자만 있다고 생각하는 거야.

홍당무 : 아빠, 형도 행복하고 누나도 행복해요. 그리고 엄마가 아빠 말처럼 재미 삼아 저를 놀리는 게 아니라면, 어째서 그런 짓을 하는지 도무지 이해할 수가 없어요. 끝으로 아빠 얘긴데, 아빠는 우리 집안을 다스리는 사람이므로 모두들 쩔쩔매거든요. 엄마까지도 말예요. 아무도 아빠를 불행하게 하지는 못해요. 그게 바로 이 세상에는 행복한 사람도 있다는 증거지요.

르피크 씨 : 고집쟁이 꼬마 홍당무야, 너는 돼먹지 못한 소리만 늘어놓고 있구나. 사람의 진심이 너에게 똑똑히 보인단 말이냐? 네 나이에 모든 일을 다 알게 되었다고 생각하니?

홍당무 : 적어도 제 자신에 대해서는 알고 있어요. 아빠, 전 알려고 노력하고 있다고요.

르피크 씨 : 그렇다면 홍당무, 행복 같은 건 아예 단념해라! 알겠니? 일러두는데, 지금보다 절대로 더 행복해질 수는 없다. 그런 일은 결코 일어나지 않는단 말이야.

홍당무 : 그런 건 몰라요.

르피크 씨 : 단념해라. 네 마음을 갑옷으로 단단히 무장하는 거야. 어른이 되어 자신을 스스로 다스려서 자유를 얻게 될 때까지 말이다. 그렇게 되면 우리들과 인연을 끊고, 비록 네 성격이나 기질은 바꾸지 못한다 할지라도 새 가정을 만들 수는 있다. 그때까지는 언제나 떳떳하게

행동하도록 해라. 신경을 곤두세우지 말고 다른 사람들을 살펴보거라.
식구들까지도 말이다. 아마 재미있을 거다. 생각지도 못한 기분 전환
의 기회를 잡을 수 있을 거야.

홍당무 : 틀림없이 다른 사람들도 나름대로는 고민이 있겠지요. 하지
만 그런 사람들을 동정하는 것은 나중 일이지, 오늘 당장은 제 자신을
위해서 정의를 요구할 뿐이에요. 어떤 운명도 저보단 나을 거예요. 저
한테는 엄마가 있어요. 그런데 그 엄마는 저를 사랑하지 않으며, 저 역
시 엄마를 싫어해요.

"그럼 나는 네 엄마를 사랑하고 있는 줄 아니? 그래도 네 엄마가 아
니냐."

참다못해 르피크 씨가 퉁명스럽게 말했다.

이 말에 홍당무는 눈을 들어 수염이 텁수룩한 르피크 씨의 무뚝뚝한
얼굴을 오랫동안 뚫어지게 쳐다보았다. 그 수염 속에 너무 지껄인 것
을 수줍어하는 듯 입이 숨어 있었다. 아버지의 이마는 주름이 졌고, 축
늘어진 눈꺼풀은 마치 걸어가면서 졸고 있는 것 같았다.

얼마 동안 홍당무는 말문이 막혔다. 지금 맛보고 있는 남모를 기쁨
과, 힘껏 마주잡고 절대로 놓지 않으려는 듯한 아버지와 아들의 손. 이
런 것이 모두 날아가 버리지나 않을까 걱정스럽기만 했다. 이윽고 홍
당무는 멀리 어둠 속에 고요히 잠드는 마을을 향해 불끈 쥔 주먹을 쳐
들고 을러댔다. 그러고는 그쪽을 향해 큰소리로 외쳤다.

"심술궂은 여편네! 홍, 빈틈없는 심술쟁이 여편네! 난 정말 싫어."

"그만둬!"

르피크 씨가 말했다.

"그래도 네 엄마가 아니냐."

"아아!"

홍당무는 보통의 아이로 되돌아가서 조심스럽게 말했다.

"우리 엄마이기 때문에 일부러 그런 말을 한 건 아니에요."

홍당무의 앨범

만일 르피크 씨의 집 앨범을 들춰본 사람이라면 틀림없이 놀랄 것이다. 에르네스틴과 펠릭스는 여러 가지 자세로 찍혀 있다. 서 있는 모습, 앉아 있는 모습, 좋은 옷을 입고 있는 모습, 또 반나체로 즐거운 듯이, 또는 얼굴을 찌푸리기도 하며 저마다 멋진 배경 속에 찍혀 있다.

"그런데 홍당무 사진은 별로 없군요."

"아주 어렸을 때 사진은 몇 장 있었는데…… 너무 귀여워서 사람들이 모두 가져가 버렸어요. 그래서 한 장도 남아 있지 않아요."하고 르피크 부인이 대답한다.

사실은…… 홍당무는 한번도 사진을 찍은 적이 없었다.

2

　가족들은 언제나 홍당무라고만 불렀으므로, 이 아이를 본명으로 부르려 해도 좀처럼 생각이 나지 않는다.

　"왜 하필이면 홍당무라고 부르지요? 머리카락이 불그스름하기 때문인가요?"

　"성격은 훨씬 더 불그스름하답니다."

　르피크 부인은 말한다.

3

　그 밖의 개인적인 특징으로, 홍당무의 얼굴은 아무리 보아도 남의 호감을 살 수가 없다.

　홍당무의 콧구멍은 마치 두더지 굴처럼 크고도 깊다.

　아무리 후벼주어도 홍당무의 귀에는 언제나 빵 부스러기 같은 귀지가 잔뜩 들어 있다.

　홍당무는 헛바닥 위에 눈을 얹어놓고는 쭉쭉 빨면서 녹인다.

　홍당무는 뒷굽을 서로 맞부딪치면서 볼썽사납게 걸어간다. 난쟁이로 알 정도다.

　홍당무의 목에는 퍼런 때가 끼어 있다. 마치 목걸이라도 한 것처럼.

게다가 몸에서는 퀴퀴한 냄새가 난다. 절대 사향 냄새는 아니다.

4

홍당무는 식구들 가운데서 가장 빨리 일어난다. 하녀와 같은 시간에 일어나는 것이다. 겨울에는 날이 밝기 전에 침대에서 뛰어내려 손으로 시간을 본다. 손가락으로 시계바늘을 더듬어보는 것이다.

커피나 코코아가 나오면 무엇이든 닥치는 대로 얼른 입에 집어넣는다.

5

누군가에게 소개를 하면 홍당무는 외면을 하고 손을 앞으로 내민다. 따분한 듯이 다리를 꼬고는 옆벽을 긁어댄다.

그때 "키스해 주겠니, 홍당무?" 하고 말하면 이렇게 대답한다.

"싫어요! 그럴 필요는 없어요!"

6

르피크 부인 : 홍당무, 대답 좀 해라. 너를 부르고 있잖니.

홍당무 : 네, 아빠. (또는 네, 엄마.)

르피크 부인 : 그렇게 타일렀는데도. 애들은 입에 뭘 잔뜩 넣고 말해서는 안 된다고 말이야.

7

홍당무는 주머니에 손을 넣지 않고는 못 배긴다. 르피크 부인이 가까이 오면 급히 손을 빼지만, 그래도 미처 못 뺄 때가 있다.

어느 날, 이윽고 르피크 부인은 홍당무의 두 손을 넣은 채 주머니를 꿰매고 말았다.

8

"어떤 일을 당하더라도 거짓말만은 결코 해선 안 된다. 그건 천한 결점이야. 더욱이 거짓말을 해봐야 아무 소용도 없단다. 반드시 드러나거든." 하고 대부가 홍당무에게 상냥하게 말한다.

"네. 하지만 시간은 벌 수 있어요."

9

게으름뱅이 펠릭스가 간신히 학교를 졸업했다.
어느 날 펠릭스가 기지개를 켜며 홀가분한 듯 숨을 내쉬고 있다.
"너는 뭘 좋아하지?"
르피크 씨가 묻는다.
"이제 너의 일생을 정해야 할 나이다. 뭘 할 작정이냐?"
"뭐라고요? 또 뭔가 해야 하나요?"
펠릭스가 묻는다.

10

모두 여자에 대해 얘기하고 있다. 베르트 양이 소문의 대상이다.
"베르트 아가씨는 파란 눈이기 때문에……."
홍당무의 말에 모두들 감탄하여 소리친다.
"멋지다, 멋져! 정말 멋진 시인이야!"
"아니야."

홍당무가 대답한다.

"그 아가씨의 눈은 보지도 않았어. 아무 생각 없이 말했을 뿐이야. 상식적인 말이지. 듣기 좋게 꾸며댄 말이라고."

11

눈싸움을 할 때면 홍당무는 혼자서 한쪽을 맡는다.

. 홍당무는 상대편에게는 무서운 적이다.

그에 관한 소문은 멀리까지 파다하게 퍼져 있다. 눈 속에 돌을 넣어 던지기 때문이다. 홍당무는 언제나 머리를 노린다. 그렇게 하는 것이 승부가 빠르다.

얼음이 얼어 다른 아이들이 미끄럼을 타고 있어도, 청개구리인 홍당무는 모두에게서 뚝 떨어져 얼음판 옆의 풀밭에 조그마한 빙판을 만든다.

말타기놀이를 할 때면 언제나 자기가 말이 되겠다고 우긴다.

붙들기놀이를 할 때는 얼마든지 붙잡혀준다.

자유 같은 것에는 전혀 미련이 없다.

또 숨바꼭질을 할 때는 너무 꼭꼭 숨기 때문에 마침내는 모두가 그를 찾는 것을 잊어버리고 만다.

12

아이들이 키 자랑을 하고 있다.

형 펠릭스와 경쟁이 안 될 것은 뻔하다. 그는 두 아이들보다 머리 하나는 더 크다.

그러나 홍당무와 누나 에르네스틴은 재어보지 않으면 잘 모른다. 에르네스틴은 얄밉게도 발끝으로 서서 키를 높인다. 그런데 홍당무 쪽은 누구의 비위도 거스르고 싶지 않아 살짝 몸을 굽힌다. 누나와 자기의 키 차이를 조금이라도 더 나게 하기 위해서이다.

13

홍당무는 하녀 아가트에게 이렇게 충고한다.

"마님한테 잘 보이고 싶으면 내 욕을 하면 돼."

하지만 거기에도 정도가 있다. 르피크 부인은 다른 여자가 홍당무를 건드리는 것은 도저히 참지 못한다.

이웃의 어떤 여자가 홍당무를 혼내주는 일이 있었다. 르피크 부인은 달려가서 화를 내며 아들을 구해 주었다. 아들은 감격스러워 밝은 얼굴이 되지만 "자, 이번에는 내가 너를 혼내줄 차례다." 하고 르피크 부인은 말한다.

14

"어리광을 부린다는 건 어떤 거지?"

홍당무가 피에르에게 묻는다. 피에르는 엄마의 귀염둥이다.

그러자 피에르가 큰소리로 말한다.

"나는 오직 한 번만이라도 좋으니 감자튀김을 손가락으로 듬뿍 집어먹어 보고 싶어. 그리고 복숭아를 절반쯤 씨가 붙어 있는 그대로 먹어봤으면 좋겠어."

홍당무는 속으로 생각해 본다.

'만일 엄마가 깨물어먹고 싶도록 나를 귀여워한다면, 틀림없이 불쑥 나온 이 코부터 먹기 시작하겠지.'

15

누나 에르네스틴과 형 펠릭스는 놀다가 싫증이 나면, 가끔 자기 장난감을 선선히 홍당무에게 빌려준다.

이래서 누나와 형의 행복을 살짝 맛보게 된 홍당무는 조심스럽게 행복을 꾸며본다.

그러나 홍당무는 장난이 즐거워서 못 견디겠다는 얼굴은 절대로 보이지 않는다. 장난감을 되돌려달라는 말이 나오면 곤란하기 때문이다.

16

　홍당무 : 그럼 내 귀가 너무 길다고는 생각하지 않는 거지?

　마틸드 : 좀 이상한 것 같기는 해. 이리 좀 와봐. 그 귀에 모래를 넣어서 '파이'를 만들고 싶어.

　홍당무 : 엄마가 먼저 귀를 잡아당겨서 뜨겁게 열을 내놓으면 반죽한 파이도 잘 익을 거야.

17

　"그만두지 못하겠니? 한 번만 더 말해 봐라. 그럼 너는 나보다 아빠가 더 좋단 말이지?"

　르피크 부인은 가끔 이렇게 말한다.

　"곧 그만두겠어요. 이젠 아무 말도 안 하겠어요. 맹세하지만 어느 쪽이 어느 쪽보다 더 좋다는 생각은 절대로 없어요."

　마음 깊은 곳에서 나오는 것 같은 목소리로 홍당무는 대답한다.

18

르피크 부인 : 홍당무, 뭘 하고 있니?

홍당무 : 몰라요, 엄마.

르피크 부인 : 그럼 또 보나마나 바보짓을 하고 있었구나. 일부러 그런 짓을 하는 거지?

홍당무 : 전 그렇게 나쁜 아이는 아니에요.

19

엄마가 자기를 보고 웃고 있다고 생각한 홍당무는 흐뭇해서 자기도 미소를 짓는다.

그런데 르피크 부인은 막연하게 혼자서 빙글빙글 웃고 있던 참이었다. 그러다가 별안간 그 얼굴이 검은 구스베리의 열매 같은 어두운 눈을 한 음흉한 얼굴로 바뀐다.

홍당무는 어리둥절해져서 쥐구멍을 찾는다.

20

"홍당무, 소리 내지 않고 얌전하게 웃을 수는 없니? 그리고 울 때는 왜 우는지 그 까닭을 알아야 해."

르피크 부인이 말한다. 또 이렇게도 말한다.

"어쩌면 좋지? 이 아이는 뺨을 아무리 때려도 눈물 한 방울 흘린 적이 없으니 말이야."

21

르피크 부인은 또 이렇게도 말한다.

"어딘가에 더러운 것이 묻어 있거나 길바닥에 똥이 떨어져 있으면, 그 아이는 꼭 그런 것을 묻혀온다니까. 아무튼 고집쟁이여서 뭔가 생각하면 끝내 거기에서 헤어나지를 못한단 말이야. 그리고 자존심이 꽤 강해서, 남의 관심을 끌기 위해서라면 아마 자살이라도 할 거야."

22

홍당무는 양동이에 찬물을 가득 부어넣고 자살을 하려고 한다.

홍당무는 양동이 속에 코와 입을 담근 채 용감하게 가만히 있는다.

바로 그때 귓바퀴를 후려갈기는 손이 있어 양동이가 구두 위에서 뒤집힌다. 그 덕분에 홍당무는 목숨을 건진다.

23

이따금씩 르피크 부인은 홍당무를 가리켜 이렇게 말한다.

"그 앤 나를 닮아서 악의라곤 통 없어요. 심술궂다기보다는 바보스럽지요. 아주 느림보라서 눈에 띌 만한 짓은 못해요."

또 어떤 때는 이렇게 생각하며 기뻐하기도 한다.

'만일 그 아이가 별일 없이 잘 자라기만 하면 끝내는 큰 부자가 될 것' 이라고.

24

홍당무는 공상에 잠긴다. '만일 펠릭스 형이 선물받은 것과 같은 목마를 나도 받게 된다면, 나는 그 목마를 타고 도망쳐버릴 거야.'

25

밖에 나가면 홍당무는 휘파람을 분다. 아무것도 무서울 것이 없다는 마음이다. 그러나 뒤따라오는 르피크 부인의 모습을 보자 휘파람을 딱 그친다. 너무도 애처로운 이야기이다. 마치 어머니가 홍당무의 입 안에 있는 싸구려 피리를 부수기라도 하는 것 같다.

그건 그렇고, 어머니가 별안간 나타나면 나오려던 딸꾹질이 딱 멎어 버리는 것도 사실이다.

26

홍당무는 아버지와 어머니의 연락병 구실을 한다.

르피크 씨가 이렇게 말한다.

"홍당무, 단추가 하나 떨어졌구나."

홍당무는 단추가 떨어진 셔츠를 르피크 부인한테 가지고 간다.

그러면 부인은 "이상한 아이로구나. 네 명령은 안 듣겠다." 하면서도 반짇고리를 꺼내 단추를 단다.

27

르피크 부인이 큰소리로 말한다.

"만일 아빠가 살아 있지 않다면…… 아득한 옛날에 너한테 혼이 났을 게다. 너는 이 칼로 내 심장을 찔렀을 테고, 나는 틀림없이 거리를 헤맸을 거야!"

28

"코를 푸는구나!"

쉬지 않고 르피크 부인이 말한다.

홍당무는 줄곧 손수건 가장자리로 코를 푼다. 그러나 어쩌다가 잘못 풀고는 콧물이 보이지 않게 다시 접는다.

감기에 걸리면 르피크 부인은 언제나 홍당무의 얼굴에 친절하게 초를 발라준다. 너무 많이 바르기 때문에 에르네스틴과 펠릭스가 샘을 낸다. 그러나 르피크 부인은 이렇게 덧붙인다.

"이건 너 같은 아이에게는 잘 듣는 약이다. 아무튼 감기도 고치고, 너의 나쁜 머리도 산뜻하게 해주니까."

29

오늘은 아침부터 르피크 씨가 너무 놀려대는 바람에, 이윽고 홍당무의 입에서 이런 심한 말이 튀어나왔다.

"시끄러워요, 개망나니 같으니라고!"

이렇게 말한 순간, 주변의 공기가 험악해져 홍당무의 양쪽 눈에 불덩어리가 타오르는 것 같다. 그는 위험하다 싶으면 땅 속에라도 파고

들 준비를 한다.

그러나 르피크 씨는 언제까지나 홍당무의 얼굴을 빤히 쳐다볼 뿐 아무런 기색도 보이지 않는다.

30

에르네스틴이 곧 결혼을 한다. 그래서 르피크 부인은 약혼자와 산책을 해도 좋다고 허락을 내렸다. 다만 '홍당무의 감시 아래' 라는 조건이 붙었다.

"먼저 가거라, 힘차게 뛰어서 말이야!"

에르네스틴이 말한다.

홍당무는 앞장서서 걸어간다. 뛰다가 달리다가 개처럼 빨리 달음박질쳐 보기도 한다. 그러나 자칫 발걸음을 늦추게 되면, 들을 생각이 없는데도 이야깃소리가 들려온다. 남의 눈을 피해서 하는 키스 소리도 함께.

홍당무는 헛기침을 한다.

그리고 신경이 날카로워진다. 마을의 십자가상 앞에서 모자를 벗었다가 그 순간 모자를 땅바닥에 내동댕이치고는 발로 지근지근 밟아대면서 이렇게 소리친다.

"아무도 나 같은 건 사랑해 주지 않을 거야. 나 같은 건 말이야!"

그 순간 귀가 밝은 르피크 부인이 담 뒤에서 불쑥 얼굴을 내민다. 입가에 무서운 웃음을 띤 오싹해지는 얼굴로.

홍당무는 어리둥절해져서 이렇게 한마디 덧붙인다.

"엄마만 빼고!"

작가와 작품 해설

쥘 르나르의 생애와 작품 세계

『홍당무』의 작가 쥘 르나르(Jules Renard)는 1864년 프랑스 중부의 샬롱에서 태어났다. 그의 어린 시절에 대해서는 잘 알려져 있지 않으나 매우 불우하게 보낸 것만은 확실하다. 실제로 어머니의 사랑을 받지 못한 자신의 과거 이야기가 『홍당무』의 소재가 되었으니 말이다.

1894년에 『홍당무』를 발표한 이후, 르나르는 파리에서 상징파 시인들과 교류를 가지며 본격적인 작품 활동을 하기 시작했다. 이 무렵에 발표한 시집이 바로 『장미』다.

그 후 소설 『부평초』를 발표하면서 르나르는 특이한 작가적 위치를 갖게 되었다. 말하자면 르나르는 깊은 체험적 진리를 간결하고 압축된 형식으로 나타낸 아포리즘 풍의 문체를 자신의 문학 전반에 드러내게 된 것이다.

르나르의 작품 중에서 우리에게 가장 잘 알려진 것이 『홍당무』이긴 하지만, 이와 더불어 『포도밭의 포도 재배자』와 『박물지』 또한 명작으로 꼽힌다.

특히 1894년에 발표한 『포도밭의 포도 재배자』는 인생과 자연에 대한 그의 냉정한 관찰과 자연을 감싸안는 따뜻한 감성과 애정이 동시에 드러나는 아포리즘 문학의 진수로 평가되고 있다. 그리고 45항목(나중에 증보판에서는 70항목으로 늘어남)으로 구성된 『박물지』에서는 환상가로서의 그의 남다른 기질도 엿볼 수 있다.

뿐만 아니라 르나르는 희곡과 일기 문학에도 빼어난 능력을 보여 자신의 작품인 『홍당무』를 극화하기도 했으며, 그 외 많은 희곡 작품을 남기기도 했다.

그는 살아 생전 24년간에 걸쳐 일기를 쓰기도 했는데, 이것은 그의 사후에 발표되었다. 그의 일기에 보면, 문체 연마에 힘쓴 작가적 노력과 사람들의 진실한 모습을 지켜보려는 그의 생활들이 잘 묘사되어 있는데, 이를 통해 우리는 그의 작가적 면모를 잘 알 수 있다.

1904년에 그는 한 마을의 촌장이 되기도 했으며, 1907년에는 아카데미 콩쿠르의 회원으로 선출되었다.

하지만 안타깝게도 1910년 동맥경화증으로 길지 않은 삶을 마감해야 했다.

작품 줄거리 및 해설

1894년에 발표된 소설 『홍당무』는 『포도밭의 포도 재배자』와 함께 르나르의 대표작으로 꼽힌다. 성장기에 있는 한 소년의 일상을 그려나 간 이 소설은 작가 자신의 불우했던 어린 시절을 소재로 한 작품이다. 르나르 역시 소년 시절에는 어머니의 사랑을 받지 못한 채 어두운 나날을 보냈다. 이 소설의 주인공처럼 말이다.

『홍당무』의 원래 제목은 『Poil de carotte』로, '홍당무같이 새빨간 머리털'이란 뜻이다. 그러니까 홍당무란 이 소설에 등장하는 주인공의 별명으로, 새빨간 머리털과 주근깨투성이의 얼굴 탓에 가족들은 그를 홍당무라고 부른다. 그러나 자신을 홍당무라고 부르는 사람들과 세상에 대해 홍당무는 적개심 대신 따뜻한 마음으로 감싸안는다. 홍당무는 별명만큼이나 유쾌하고 재치 있는 아이다. 그러나 실은 가족들에게 구박만 받는 신세이기도 하다.

심술궂고 신경질적인 어머니 르피크 부인, 못되고 비열한 형 펠릭스, 자기만 아는 이기적인 누나 에르네스틴 그리고 홍당무의 어려움을 전혀 알지 못하는 무뚝뚝한 아버지 르피크 씨가 홍당무네 가족의 구성원들이다. 특히 그의 어머니는 홍당무를 의붓아들처럼 취급하고 늘 차별한다. 형과 누나 역시 홍당무를 따돌리며 외톨이로 만든다. 그러나 이러한 상황이 우리가 생각하는 것만큼 무겁지는 않다. 언제나 익살과 유머를 잃지 않는 우리의 홍당무가 재치 있고 용감하게 위기 상황을 잘 극복해 나가기 때문이다.

하지만 매일 이러한 나날이 되풀이되자 홍당무에게도 위기가 찾아온다. 점점 견디기가 힘들어진 홍당무는 어머니에게 반항을 하기도 하고, 가출을 시도하기도 한다. 또 때론 자살에 대해 진지하게 생각해 보기도 한다. 아버지는 이러한 홍당무의 괴로움에 대해선 전혀 알지 못한다.

어느 날, 홍당무는 자신의 이러한 심정을 아버지에게 호소한다. 그에 대해 아버지는 홍당무에게 이렇게 대답한다.

"그럼 나는 네 엄마를 사랑하고 있는 줄 아니? 그래도 네 엄마가 아니냐."

이에 홍당무는 자신의 상황을 잘 극복하며 온순한 아들이 된다.

작가 연보

1864년	2월 22일, 프랑스 중부 샬롱에서 출생.
1886년(22세)	시집『장미』발표.
1891년(27세)	소설『부평초』발표.
1894년(30세)	대표작『홍당무』, 아포리즘 풍의 소설『포도밭의 포도 재배자』발표.
1896년(32세)	산문집『박물지(博物誌)』발표.
1897년(33세)	희곡『이별도 즐겁다』발표.
1899년(35세)	희곡『나날의 양식』발표.
1903년(39세)	희곡『베르네 씨』발표.
1904년(40세)	시트리의 촌장(村長)이 됨.
1907년(43세)	아카데미 콩쿠르 회원으로 선출됨.
1910년(46세)	5월 22일, 파리에서 동맥경화증으로 사망함.
1928년	그의 사후에 일기 문학인『일기』가 발표됨.